宜昌市职工文学读书协会 策划

从工人到作家

张永久 主编

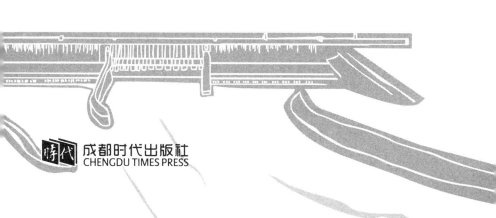

成都时代出版社
CHENGDU TIMES PRESS

图书在版编目（ＣＩＰ）数据

从工人到作家 / 张永久主编. – 成都：成都时代出版社, 2021.10

ISBN 978-7-5464-2850-5

Ⅰ.①从… Ⅱ.①张… Ⅲ.①散文集－中国－当代 Ⅳ.①I267

中国版本图书馆 CIP 数据核字(2021)第 141165 号

从工人到作家

CONG GONGREN DAO ZUOJIA

张永久　主编

出 品 人　　达　海
责任编辑　　敬小丽
责任校对　　唐莹莹
责任印制　　张　露

出版发行　　成都时代出版社
电　　话　　(028)86742352
网　　址　　www.chengdusd.com
印　　刷　　成都兴怡包装装潢有限公司
规　　格　　145mm×210mm
印　　张　　6.875
字　　数　　160 千
版　　次　　2021 年 12 月第一版
印　　次　　2022 年 1 月第一次
书　　号　　ISBN 978-7-5464-2850-5
定　　价　　58.00 元

《从工人到作家》编委会

组织单位：宜昌市总工会　宜昌市职工文学读书协会

编委会主任：皮祖武

副主任：朱利民　李　敏　郭从军　彭定新

顾　问：甘茂华　张泽勇　阎　刚　韩永强　温新阶

主　编：张永久

编委会委员：冯汉斌　刘小平　阮仲谋　陈　刚　杨丽慧

张明俊　姚正威　姚　超　彭红卫　熊本旭

（姓氏笔画排序）

前　言

高晓晖

　　近日，宜昌市职工文学读书协会发来《从工人到作家》书稿，嘱我写个前言。浏览书稿，感到格外惊喜。之所以惊喜，一是因为书稿所列的 18 位作者加上两篇回忆文章忆及的黄声笑、鄢国培先生，皆为宜昌乃至湖北当代重要作家，于我而言，几乎都是熟悉的陌生人。要说熟悉，当然不只是熟悉他们的名字。像鄢国培先生，是我们省作协的老主席，虽然离开我们若干年月，但他的音容笑貌，依然如在眼前。像李华章前辈，我们有过多次的聚会，我更拜读过不少他的著作，领受过他的诸多教诲。像张永久、蒋杏诸君，可以说我们是亦师亦友的兄弟，我跟随他们的创作轨迹数十年，获益良多。阅读书稿，我发现这些熟悉的作家却如此陌生。原来我的熟悉，仅局限于知晓他们作为作家的一面，而他们作为工人的一面，我却不甚了了，更不了解他们从工人到作家的艰辛过程。书稿中所记述的作家们的种种人生过往，都是作家重要的第一手资料，这些于我是十分陌生却又十分珍贵的。二是因为书稿将宜昌 18 位作家从工人到作家的故事辑录成书，让宜昌作家中一个特别的方阵集中亮相，为今天在岗的工人或者其他怀揣文学梦想的从业者做出了一种示范，并使他们从中得到启迪和鼓励。如此说来，宜昌市总工会支持宜昌市职工文学读书协会策划出版《从工人到作家》一书，可谓功莫大焉！

在湖北当代作家队伍中，宜昌"工人作家"群体的工作，的确可圈可点。20世纪五六十年代，码头工人黄声笑把翻身当家做主人的激情化为浪漫的诗行，他"站起来了的长江主人"的豪迈姿态，在全国诗人群体中显得格外醒目。20世纪七八十年代，长江水手鄢国培创作出《长江三部曲》，引起全国文坛的震动。新时期即驰骋文坛的张永久、蒋杏等，几十年笔耕不辍，不论现实题材领域还是历史题材领域，他们均多有斩获，成果丰硕。刘抗美几十年锲而不舍地创作，把艰难的文学"长征"走得精彩纷呈。陈刚等文坛新势力，贴近行业体验，用手中的笔刻画出生活的本真和本相，让人刮目相看。

随着城镇化步伐的加快，城乡一体化格局在加速推进，"工人"这个概念的内涵与外延较改革开放前发生了很大的变化。在不同的产业链上，工人的身份不再如20世纪80年代前那般纯粹。现代工业企业中的"蓝领"，可能有更多农民工的身影，而现代农业企业中也可能有更多"白领"参与其中。传统意义上的"工人作家"，已经被"职工文学"的概念所涵盖。"工人作家"有了更丰厚的成长土壤，或者说有了更庞大的人口基数。就宜昌而言，因为有一个既有的"工人作家"群的存在与示范，一个新成长起来的更有规模的"工人作家"群，未来可期。

产业工人，总是一个时代先进生产力的重要代表。文学要成为民族精神的火炬、时代前进的号角，对产业工人的书写就不可或缺。对于有着工人身份或者曾经有过工人生活经历的作家而言，工人生活的经历对书写产业工人生活而言是更大的优势，他们因此肩负着书写产业工人生活的使命。相较于乡村题材创作而言，产业工人生活的工业题材创作面临更大的困难。因为乡村题材创作有几千年农耕文明所涵养的审美经验奠基，较容易达到一定的审美高度，而现代工业文明之于中华民族悠久的历史而言，还是一个新生事物，我们缺乏现代工业文明的审美积淀，或者说，我们的审美基因中，关于现代工业文明的审美有先天的不足，这也是当代中国现代工业发展如火如荼，而工业题材的文学精品却寥若晨星的缘故。

弥补工业题材创作的短板，需要更多优秀的"工人作家"；优秀"工人作家"的产生，离不开浓厚的"职工文学"氛围。《从工人到作家》的出版，是宜昌优秀"工人作家"群像的生动呈现，其作用力更指向"职工文学"氛围的激活与营造。由此看来，关于宜昌工业题材创作的先手棋已经落子，宜昌乃至湖北工业题材创作的生长与突破，由此或将成为预料之中的事件。

2021 年 5 月 13 日

（作者系湖北省作协党组成员、副主席）

目 录

为人民抒情为时代歌唱

——忆著名工人诗人黄声笑

李华章

20 世纪 50 年代初，湖北宜昌港码头工人黄声笑，一边抬杠子、喊号子，一边在船舱甲板上写顺口溜、快板诗。火热的码头生活是他创作的丰富源泉。黄声笑怀着对诗歌的虔敬之心，克服文化程度低的种种困难，越写越多，越写越好，十年之后，引起文坛的广泛关注，成为全国著名的工人诗人。

20 世纪 50 年代，黄声笑的名字在宜昌和长江三峡几乎是家喻户晓的。他经常在港口码头的"杠子伙计"们中间手舞足蹈地朗诵新写的快板诗，以鼓舞大家的革命干劲；在武汉大学、华中师范大学的讲台上，他也毫不怯场，有声有色地慷慨演讲，赢得了一阵阵热烈的掌声。从此，黄声笑在业余作者中出类拔萃，惹人瞩目，引领文坛风骚一二十年。

记得 1973 年阳春三月，百花盛开，春满三峡，中央人民广播电台约我写一篇《工人诗人黄声笑》的文艺通讯。在五一节那天，中央人民广播电台同时用 39 种语言广播，他的诗歌在长江、在大海的浪花尖上翻飞……今天，我们也许以为这是童话。但那一幕幕的真实情景，仍历历在目……

一

黄声笑，本名黄声孝，1918 年出生于宜昌，一家三代都是穷苦的工人出身。他的祖父在长江上拉了一辈子纤索，不知道"纤索"两个字怎么认，一生勤劳一生苦。他的父亲也是土生土长在长江边，几十年在一条长江溪河上驾渡船，不知道"渡船"两个字怎么写，春夏秋冬，他睡着泥巴做的床，盖着破被褥，枕着扁担木。黄声笑出世后，家里仍旧"住的茅屋像冷窖，饭碗常常空起肚儿饿"。从小艰苦的生活环境，培养了他坚强的性格。尽管过的日子苦，但他从不叫一声苦。从 9 岁起，他就在码头上卖瓜子、花生。要想多卖出几包瓜子、花生，非要有能说会道的本领，善于叫卖，非要有几分狡黠的机灵，学会讨好。在底层生活中，能者胜，强者王。这些经历，培养了黄声笑好强好胜的性格，也影响到他的为人处世。后来，他学打铁、"扛码头"，从小练出一身力气和坚强意志。"前面老工人抬货走，后面依样画葫芦，学扛杠子学套绳，学喊号子学脚步。""不怕太阳晒脱皮，不怕钢板似火烫，不怕舱里难透气，不怕大汗湿衣裳。"黄声笑个子高、身腰细、肩膀宽、胳膊粗，体形好似一把打开的扇子，颇有男子汉的气魄。"头顶一天一座山，一条蓝布搭肩帕，身子就是撑天柱。"万恶的旧社会就像一个大苦海，黄声笑一家也逃脱不了受压迫、受剥削的命运，他的母亲和一个兄弟就是被活活饿死的。因此，他对旧社会怀有一种深仇大恨。后来，他在一首诗里写道：

　　可恨万恶的旧社会，

　　一条扁担肩上压，

　　一把汗水一滴血，

　　一路脚印一身疤。

　　挑着大米空着肚，

　　挑着布匹披烂麻，

　　挑着柴炭灶无火，

　　挑着砖瓦睡敞坝。

　　声声号子声声恨，

　　仇恨入心迸火花。

　　黄声笑在苦水里泡了三十多年，生活在水深火热之中。但他牢记血泪仇，把仇恨刻在心上，把仇恨挂在船头，把仇恨装满货舱。昔日的宜昌码头，破败零落，晚上作业，灯火稀疏、昏黄一片，就像鬼火似的，被工人称为"鬼点灯"。船靠不拢码头，靠搭跳板，而搭的跳板就是一块窄窄的木板，工人走过去忽闪忽闪的，惊险万分，稍有不慎，就会掉进江里，工人称它为"断魂跳"。每次黄声笑走上"鬼点灯"的码头，在"断魂跳"上来来回回地搬运一件件货物，莫不惊心动魄。多少个年年月月、日日夜夜，盼星星，盼月亮，盼能过上好日子……

　　1949年7月，东方红，太阳升，宜昌解放了。长期受尽官僚、地主、资本家压迫和欺凌的穷苦工人，终于翻身得解放。黄声笑同广大码头工人一样，跳出苦海见太阳！

新中国成立后，黄声笑扬眉吐气，被推选为工人代表。他团结广大码头工人，坚决地与阶级敌人做斗争，向资本家和地主开火。在共产党的领导下，带头积极地参加民主改革，热情地写报道、写快板，宣传党的方针政策。1951 年，黄声笑被评为宜昌市甲等模范宣传员；1953 年，他光荣地参加了中国人民第二次赴朝鲜慰问团赴朝慰问；1954 年，他光荣地加入中国共产党，成为工人阶级的一名先锋战士。当时，他心里像一团火在燃烧，十分激动地写道："毛主席呀毛主席，我要永远跟着您，解放全人类，建设新天地。"后来，黄声笑先后任宜昌港装卸队党支部书记、总支副书记、党委委员、海员俱乐部主任等职。

在 20 世纪 50 年代，黄声笑满怀强烈的翻身感和喜悦情，处处体现着一种主人翁的精神。他激情地歌唱："民主改革开青天，阵阵东风吹进峡，三座大山低了头，苦力再不做牛马。""装卸队长卷袖说，革命豪气冲霄汉。装卸工人齐声答，天大困难当泥丸。""头上热气冲九霄，脱掉棉衣汗不干。好像前线打冲锋，条条汉子立云端。"同样的，在另一首诗中，黄声笑也抒发出那种豪迈的感情：

> 巨轮像座大山梁，
> 舱面就是大战场。
> 脚步声声滚地雷，
> 号子压住长江浪。

这个时期，黄声笑的诗歌以码头工人现场鼓动快板为主。"诗生于心，而成于手。"（袁牧《随园诗话补遗》）他完全是以心来运手的。黄声笑的诗是从自己的性情中流出来的。后来，湖北省群众文化馆通知黄声笑参加一个业余作者会议，并要他在会上发言。他事先对我谈了自己的创作体会，我帮助记录下来，为他准备了一个发言稿。他看了之后，加了一个醒目的标题：抬出来的文章，挑出来的诗歌，使我获益匪浅。

今天，当我重读黄声笑的快板时，仍旧感到十分亲切，让人走进快板诗的意境中去。

汽笛嘟嘟满河嚷，上下轮船进了港。

工人急忙下河去，热火朝天闹峡江。

——《下河去》

空中吊杆来回跑，头上要戴安全帽。

防备事故天上落，零星碎物砸破脑。

——《安全帽》

你来举，我来扛，我们好比弟兄俩。

你喊号子我应声，你摇大橹我推桨。

——《互相帮》

长江后浪赶前浪，码头工人运输忙。

晚上闹浑一河水，天明一看清了江。

——《清了江》

站起来了的长江主人，个个英雄，条条好汉。翻身后的黄声笑，革命激情高涨，好似长江滚滚的浪涛。一闭眼，他就想到乌天黑地的旧社会；一睁眼，他就看见新社会的一片光明。一声号子一股劲，一生劳动一生荣！

二

"跳出苦海见太阳"的黄声笑，好像黑夜过去了，雄鸡想要高声唱一样，欢天喜地庆解放。他挺身走在街上，大街小巷放炮仗，街头街尾啪啪响。在那欢乐的人海里，红旗、鲜花如潮，好似长江波浪鼓起掌，磨基山在点头笑，秧歌舞起千层浪，蓝天上面飞彩霞。在这欢腾的日子里，任何人都难以抑制内心的激动，他们需要宣泄积压的感情。码头工人黄声笑性格豪爽，阶级情深，也必然舞之、蹈之、歌之、唱之。那个时候，他曾对"杠子伙计"们说："多么想写一首诗，倾吐内心的强烈感情，控诉万恶的旧社会，歌颂光明的新中国。"可是，黄声笑从小连一本《三字经》都未学完就离开了学堂，文化水平太低，想写却写不出来。

但文化水平低并没有难住黄声笑。一种革命责任感在激励他。于是，他把心里想说的思想感情编成劳动号子喊，喊出来就舒畅、高兴了。碰到有的字写不出来，他留下空格，或用实物的形状代替。比如，"牙刷"的"刷"字不会写，就在稿纸上画一把牙刷来代替；"榨菜坛子"的"坛"字写不出，他就画一个坛子来代替；等等。然后，在休息日从十三码头跑到市文化馆，向辅导干部请教。他一边学文化、读字典，一边学写顺口溜、快板诗："队伍一到码头上，准备工作做到堂。搭好跳板开好路，绊手绊脚一扫光。""一条杠子一根绳，一声号子一股劲。一身汗水一船货，一生劳动一生荣。"慢慢地越编越多，并用粉笔写在趸船、货舱的甲板上。因为是写码头工人的新人新事，歌颂码头的新变化，"杠子伙计"们就喜欢听他的朗诵，加之黄声笑一做手势，就更吸引大伙了。

　　1951年，黄声笑被评为宜昌市甲等模范宣传员，奖品是一支钢笔和一个笔记本。他拿着奖给他的这支钢笔，心情无比激动。他心想："旧社会自己当苦力，磨掉了肩头千层皮，抬的笔有千万支，哪有一支是自己的！现在，共产党和毛主席给我一支笔，我要用它来写出码头工人对党对祖国的恩情，歌颂人民当家做主人的精神。"就这样，黄声笑一边坚持劳动，一边学习文化，一边业余写快板诗。宜昌港务局（现为宜昌港务集团）党组织为了培养他，送他进职工业余学校学习，并派专人辅导他，帮助他修改快板诗，一有机会，就推荐他参加业余创作培训班。

　　1952年年底，黄声笑在党的关怀下，写作水平有了较大的提高，写出了"扬子江边浪花飞，川江轮船靠了岸。打开舱门看盆景，粮袋报数一万三。……脚步跟着号子走，货物随着身边转。……汽笛迎来满天霞，头顶白云跑进川。为了祖国大建设，精神越抖越饱满，汗水好比长江水，千年万年流不干"的诗歌。黄声笑的诗歌语言开始生动形象起来了，还运用了比喻与夸张手法。

　　这个时期，黄声笑的诗歌主要集中在歌颂伟大的共产党和毛主席的恩情上，发自肺腑，真挚感人。黄声笑曾满怀深情地写出一首《毛主席给我一支笔》：

旧社会里我卖力，磨掉肩头千层皮；
抬的笔有千万捆，哪有一支是我的！

资本家的那支笔，笔尖泡在血海里；
吸尽工人身上血，抽尽苦力骨中髓。

座座码头被霸占，条条杠子收租息；
豺狼纸上画一笔，万里长江泪如雨。

提起往日那支笔，乌起天来黑起地；
劳动人民理万千，狗官不准我提笔。

……

毛主席给我一支笔，握在手中撑天地；
日卷风浪写英雄，夜磨笔尖斩狐狸。

毛主席给我一支笔，上层建筑插红旗；
要写人民创世界，要写祖国新奇迹。
……

毛主席给我一支笔，马列大旗冲天举；
敢上文坛擂战鼓，大歌大颂毛主席。

　　这首诗通过一支笔来抒发感情，对比极其鲜明，思想富有深度，艺术上有强烈的感染力，是黄声笑的一首代表作。

<h1 style="text-align:center">三</h1>

　　一个诗人即使是身在底层、泡在生活中，也会时时留意生活、洞察生活、感悟生活，真正懂得生活，懂得世态人情。黄声笑经过十多年的刻苦努力、虚心求教，创作水平有了很大提高。有一年，湖北省文联组织作家、诗人采风，黄声笑参加了，著名诗人徐迟也应邀出席。在从长江三峡经重庆登峨眉山的途中，黄声笑一路跟在徐迟的身前身后，帮徐迟背行李，搀扶他，不时地求教写诗的种种问题，随时把写出的诗交给他提意见、修改。事后，有的年轻诗人还笑话黄声笑，可是他只"呵呵"一笑了之，只要受益了，就心满意足。

　　黄声笑敬重徐迟先生，徐迟先生对黄声笑的感情也很深。记得"文革"中，徐迟还在沙洋农场劳动锻炼时，有一次专门来宜昌看望黄声笑。徐迟是背了一小袋新鲜花生来的，礼轻情义重，而且这还是徐迟在农场亲自种的。徐迟住在十三码头一个斜坡上的黄声笑家里。一次，徐迟约我陪同吃饭。当时，徐迟正身处逆境，但他仍满腔热情地答应给黄声笑修改叙事长诗《站起来了的长江主人》第二部。席上，我邀徐迟先生到寒舍做客，他满口答应了，坚持步行到我家位于红星路的小平房里。当路过正在翻修的大公桥时，他不顾坡陡路滑走了下去，观看施工现场，并且连连地称赞"大公桥"这名字取得好，人活一生，就应该大公无私地奉献给祖国和人民。我发现他对生活充满了热情，这一点对黄声笑也很有影响。诗人就是要贴近生活、贴近群众、贴近时代，为人民抒情，为时代放歌。

在这一时期，黄声笑的诗歌集中抒写码头工人、长江海员的斗争生活，在深入挖掘他个人生活记忆的基础上，不仅感知深刻了，而且想象力更加丰富了，洋溢出浓郁的革命浪漫主义精神，突出地表现出诗人的艺术才华。比如1958年8月写的一首《我是一个装卸工》，就是这一时期的代表作。

> 我是一个装卸工，万里长江显威风，
> 左手搬来上海市，右手送走重庆城。
>
> 我是一个装卸工，革命干劲冲破天，
> 太阳装了千千万，月亮卸了万万千。
>
> 我是一个装卸工，生产战斗在江中，
> 钢材下舱一声吼，龙王吓倒在水晶宫。
>
> 我是一个装卸工，建设祖国打冲锋，
> 举起泰山还嫌小，能把地球推得动。

这首诗发表后不久，他就被吸收为中国作家协会武汉分会（湖北作家协会）会员。后来，这首诗被选入中学语文教材，影响深远。同年7月，黄声笑参加全国民间文学工作会议，受到毛主席的接见并合影留念。1959年，他光荣地赴北京参加中华人民共和国成立10

周年庆祝大会。1960 年，他出席全国第三次文代会，被选为主席团成员，并加入中国作家协会。之后，黄声笑的创作达到一个高潮，先后在《湖北日报》《工人日报》《光明日报》《人民日报》《长江文艺》《诗刊》《人民文学》《宜昌报》（现为《三峡日报》）等几十种报刊发表诗歌 1000 余首，出版诗集《装卸工人现场鼓动快板》（1958 年）、《歌声压住长江浪》（1959 年）、《鼓起干劲来》（1959 年）、《进京观礼日记》（1960 年）等。他的鼓动快板写得很朴实、很到位，是大众化的、具有中国气派的诗歌，为老百姓所喜闻乐见。

码头工人黄声笑，须臾不离那条蓝布搭肩，别看只有 6 尺长，作用却不小。它凝结着一种"搭肩精神"。码头工人的血泪，点点滴在上面；码头工人的斗争史，行行写在上面。这时候，黄声笑的名气已经不小，在单位上已担任了装卸队党总支副书记。地位虽变了，但他的工人本色没有变。他依旧穿着蓝工装，披着一条搭肩，经常在港口码头上参加劳动，抢着扛大包、干重活，休息时间不忘朗诵几首快板诗。在同昔日的"杠子伙计"打成一片时，他总是充满了热情，对明天充满信心，从而产生一种永远向前的干劲。这是生活对他的丰厚馈赠。

1965 年，他所写的《搭肩歌》，极其热情地歌颂了码头工人的搭肩，表现出码头工人的战斗豪情、英雄气概。1972 年，经过他的反复修改和《长江日报》编辑部同志的精心加工，诗题改为"搭肩一抖春风来"。

一张捷报放光彩，贴在西陵峡口外。

人群层层围着笑，斗大喜字扑进怀。

年度计划完成好，万朵红花一树开。
满江春水心头涌，激情登上赛诗台。

抱着油桶当鼓打，堆起铁板当舞台。
打开云幕万山红，不夜港口画屏开。

码头像个大剧场，搬运工人上台来。
吊杆似林车队飞，抓起铁山驮煤海。

号子穿过黄牛峡，桡歌响在青山外。
万股力量汇一起，长江主人闹竞赛。

水泵堆成几座山，化肥码起几架崖。
"铁牛"挤得大路窄，犁铧摆成一条街。

搭肩一抖春风来，革命路线装胸怀。
送走战斗好岁月，再迎红花遍地开。

1973 年 10 月，黄声笑又写出一首更加引人瞩目的《打开夔门拖林海》。

满峡鲜花朝阳开，一阵喜雨扑胸怀，
夔门千尺让大路，迎风击浪送排来。

浩浩荡荡气势壮，长江浮动一条街，
排尾还在天府国，排头早已进楚界。

东风助战千钧力，激流为我推木排，
一条钢缆锁蛟龙，惊涛骇浪脚下踩。

怕什么风吹雨打，怕什么乌云密盖，
放排工人挺起胸，逆风吓退千里外。
……
滟滪堆，面前过，鬼门关，身后甩，
一声汽笛两岸惊，排从山缝飞出来。
旧社会，放木排，性命交给浪安排，
千根竹篙磨破掌，撑不掉的穷和债！

冤似江深恨如海，挥篙去砸旧世界，
接来大军进川江，迎得三峡春光来。

万里长江属人民，航道变阔浪澎湃，
丢掉竹篙放下橹，排工上了驾驶台。
……

万里东风吹大地，一轮红日照江海，

妖风迷雾都吹散，一座林海拖出来。

······

还有一首《毛主席给我幸福家》（1973年12月），通过对比，抒发对党和毛主席给他一个幸福家的感激之情。

······

屋前千轮日夜过，

屋后铁路通天下，

隔壁盖了大工厂，

对岸竖起电视塔。

毛主席给我幸福家，

我为革命走天涯，

长年爱穿风和浪，

披风沐雨劲头大。

······

我爱峡口革命家，

站在屋脊看天下。

脚踩风浪走三峡，

浪花尖上飞诗花。

······

这首诗洋溢着幸福，亲切感人，曾被选入中学语文教材，就像插上了翅膀飞进千家万户，滋养着一代又一代青少年。

四

黄声笑诗歌创作的一个重大成果，就是叙事长诗《站起来了的长江主人》三部曲。第一部于 1962 年 8 月发表于《长江文艺》，2000 多行，共分《斧劈海关锁》《锁不住》《血泪仇》《斗争》《望儿归》《战火》《进峡》《走川江》《山城告状》《上红岩》《解放》等 18 章。作者在引子中写道：

自从大禹疏三峡，
李冰凿开宝瓶口，
史禄接通湘桂水，
人民开河无时休。

扁担的腰杆压得朝下弯，
挑走了多少黑夜和白昼。
压断的扁担堆起云雾山，
挖断的锄头高过冲霄楼。

肩膀上头挂了彩，
日晒夜露度春秋。
手板打起水花泡，

脚茧磨得铜钱厚。

筋骨就是赶山鞭，
崇山峻岭搬起走。
流来滚滚长江水，
农家渔家喜飞舟。

城乡物资江上游，
行旅交通如穿梭。
装不完的大上海，
运不尽的天府国。

亿万人同饮一江水，
两岸江山似锦绣。
土地盖满金银被，
花开万里香九州。

　　这部叙事长诗围绕着码头工人何铁牛展开故事情节，描述他在千里川江摆开战场的壮丽场景，描绘了站起来了的长江主人欢天喜地庆解放的场景。

　　1964 年秋天，黄声笑已完成了《站起来了的长江主人》第二部的创作，因故延迟至 1966 年 5 月才在《长江文艺》杂志发表。第二部 1800 行，分《工代会》《团结对敌》《黑会》《刘云赴朝》《打退黑风》《争夺战》《五一节》《支援前线》《依靠谁？团结谁？斗争谁？》《发动》《打闷棍》《清明节》《斗争台》《社会主义洪流滚滚来》等16章。1978年3月，著名诗人徐迟在这部长诗的后记里写道："黄声笑同志这部长诗的第二部，写在一九六四年的秋天。我被这部稿子深深地触动了。中国青年出版社那时已经同意出版它。但因刊物要发表它，延至一九六六年五月才发表出来。但有了删节，情节也做了变动。现在它终于出版了，竟又过了十三个年头。删节了的部分得到了恢复，大部分情节也已复原。就因为原稿曾经散失，有一个情节还未改回来，就是长江主人受了伤，原稿他并没有受伤。只好等到第三部写成以后，全书再修改一次，那时再改。"《站起来了的长江主人》第二部，仍由中国青年出版社出版。

《站起来了的长江主人》第三部草稿写成于20世纪70年代。徐迟先生原本答应帮助黄声笑修改的，因为党的十一届三中全会召开之后，文艺迎来了第二个春天，徐迟先生又回到湖北文艺界，挤住在武昌紫阳路省文联的小院里。那一间极窄小的房间，关不住他那诗人飞翔的翅膀。报告文学《哥德巴赫猜想》发表于《人民文学》后，《人民日报》《光明日报》《中国青年报》《湖北日报》等各大报纸立即纷纷转载，一时洛阳纸贵，轰动了全国文坛。紧接着，徐迟先生一连写了《地质之光》《生命之树常绿》等十篇报告文学，一发而不可收。这时的徐迟已忙得不可开交，再无暇帮助黄声笑修改叙事长诗的第三部了。其中，有一个插曲，《长江日报》"江花"副刊编辑、诗人江柳，原提出帮助黄声笑修改叙事长诗的第三部，因答应徐迟在先，于是黄声笑没有同意江柳的想法。结果，修改长诗的事两头落空，不了了之。黄声笑退休以后，回到宜昌老家，曾经拟请笔者帮助修改，因我的文联行政事务缠身，加之写诗水平低，未敢答应。后来，《站起来了的长江主人》第三部一直没有修改完，未能公开发表出来，留下了不小的遗憾。

当我对照《站起来了的长江主人》第一部与第二部的作者署名，发现"黄声孝"已改成了"黄声笑"。这一改，"黄声笑"这名字不胫而走，立即为广大读者所乐意接受。有一次，我专门问过他。他说："1949年后，我翻了身，自己的家成了一个幸福的家，'房内儿女笑喧哗''三代笑在电灯下'，家庭环境发生了新的变化，儿女已经成人，都参加了工作，生活得到了较大的改善，日子越过越好，个人又由一个码头工人成长为一位诗人。党给予我很高的荣誉，先后五次受到伟大领袖毛主席的接见，真是在梦里都会笑出声来的。所以，我就改名为'黄声笑'。"

《站起来了的长江主人》第一部和第二部的发表、出版，在黄声笑诗歌创作生涯上具有重要的意义，标志着工人诗人已迈出了坚实的前进步伐。

五

1954年，黄声笑同志光荣地加入中国共产党。从此，他坚定了为革命、为人民而写诗的理念。

黄声笑一生读的书，包括古今中外的名著，总数并不多。但毛泽东同志的《在延安文艺座谈会上的讲话》这本书，他是随身携带的，一有空闲就学习，孜孜不倦。我曾随手翻过他的这本书，字里行间，用铅笔或钢笔画了许许多多波浪线，还写有不少眉批。作为码头工人、工人诗人的黄声笑，四次上北京开会、观礼，五次见到毛主席。在这幸福的日子里，他"喜得夜夜睡不着，提笔写诗不歇气。站在斗争最前列，拿起文艺新武器。诗歌展开翅膀飞，五洲四海去报喜……"（《笔头欢唱幸福歌》）。写于 1958 年的那首《亲眼见到毛主席》，脍炙人口，广为传颂。

> 我亲眼见到毛主席，
> 浑身增长好大的力，
> 就是泰山碰着我，
> 也要粉碎化成泥。
>
> 我亲眼见到毛主席，
> 霎时身长一丈几，
> 我虽站在最后排，
> 眼观地球八万里。
> ……
> 我亲眼见到毛主席，
> 革命路上不歇气，
> 风里浪里立新功，
> 再向毛主席来报喜。

1980 年，工人诗人黄声笑光荣地出席了全国第四次文代会。这时，他已年过花甲，再次同党和国家领导人合影留念。这是黄声笑人生的又一次辉煌，也是他诗意的生命的闪光点。他的《挑山担海跟党走》发表后，引起强烈的反响，受到广泛的好评。

对于黄声笑的诗歌，中国作协原主席茅盾曾写信给他说："你的诗，气势磅礴，立场坚定，生活丰富，歌唱了祖国新生事物……"《诗刊》原主编臧克家也称赞说："你的诗从战斗生活出发，写得朴实生动……"

六

1986年，黄声笑从长江航务管理局政治部宣传处创作组退休，依依不舍地走下了诗坛。落叶归根，黄声笑从汉口回到了宜昌老家。对于与他长年分离的老伴来说，是早就盼望的。这么大年纪了，一个人独立生活在长航的单身宿舍，吃住都不方便。退休之后，一家人就团圆了。儿子老大、老二、老三，分别叫黄定国、黄定胜、黄定刚，已长大成人，成家立业，孙子都上学读书了。黄声笑的儿子，老大在市电影公司开车，老二在市燃料公司开车，老三在树脂厂当工人。其中，只有老二喜欢文艺，虽不写作，但关心文坛上的事情，与父亲有交往的作家、诗人和编辑的情况，都说得出一二三来。这些文人来他家拜访，他都热情接待，或旁听，或偶尔发表点有见解的观点。这大概是因受父亲潜移默化的影响。大女儿名叫黄定英，师范学校毕业后，在市郊区教小学。还有小女儿就叫不出名字来了。孩子们也欢迎父亲退休回家，尽享天伦之乐。工人出身的他，儿女们当工人，有班可上，对此，黄声笑也觉得知足、幸福，那一首

《毛主席给我幸福家》就是他内心的真实写照。

黄声笑晚年仍然没有放下毛主席给他的那支笔。他说："人到晚年，已是夕阳黄昏，更应该抢时间创作。我今后还是写长江、写码头、写宜昌、写三峡。"

退休后的黄声笑，仍然不忘当年的号子声。他还是坚持写作，写出了不少诗歌草稿，都记在一本 16 开的练习本上，偶尔在《三峡文学》和《长江日报》等报刊发表。

1995 年 1 月 18 日，著名工人诗人黄声笑病逝于宜昌，静悄悄地告别文坛，诀别人世，享年 77 岁。

也许人死前有某种神秘的预感。黄声笑去世的前几天，曾嘱他的大女儿用纸记下"光明"两个字。他把这张小纸片放在自己的枕头下。那只有"光明"二字的遗嘱，蕴含着黄声笑对新旧社会两重天的切身感受、对共产党的感恩，体现了他坚信祖国和党的前景光明。

工人诗人黄声笑，一生吃过大苦，受过大难，前半生历尽曲折坎坷；新中国成立后，走出了旧社会的"黄连村"，"跳出了苦海见太阳"。是毛主席给他一支笔，让他由一个码头装卸工人，成长为著名工人诗人；是共产党给了他一个幸福的家，让他儿孙满堂，合家幸福吉祥。他出版了《搭肩一抖春风来》《挑山担海跟党走》《站起来了的长江主人》（第一、二部）等十多部诗集。《我是一个装卸工》《挑山担海跟党走》《毛主席给我一支笔》和《打开夔门拖林海》等，至今还是优秀的作品，闪耀出思想和艺术的光彩。他为人民抒情，为时代歌唱！

李华章,中国作家协会会员。其作品入选《中国新文学大系》《中国现当代散文三百篇》《新时期抒情散文大观》等三十多种全国性选本。出版《李华章文集》等三十余部作品。

鄢国培的文学之路

袁在平

他不是一般的海员、电工，他是那个时代从工人中脱颖而出的知识化了的思想敏锐、文学素养很高的作家。这不觉使人想起高尔基的那句话：书籍是人类进步的阶梯。

——题记

天降大任于斯人：文学梦

三峡涪陵，是宜昌至重庆间长江的最大支流——乌江与长江的汇合处。从涪陵乘车向南与乌江并行约 90 公里后，再折转向西行一个多小时，便抵达了南川。

南川，便是鄢国培的故乡。

南川，是一座历史古城。这里有著名的龙岩城遗址，千年古刹金佛寺、铁瓦寺和建于明代的普泽寺。境内峻岭纵横、水源丰富、风光绮丽，产煤、铁、铝，珙桐、方竹等珍稀植物和灵芝、天麻、麝香、黄连等名贵药材；有国家自然保护区金佛山及拥有温、沸、冷三种地下奇水的三泉公园。当今的南川，是三峡地区著名的旅游风景区。

鄢国培祖籍重庆铜梁。父辈上数第三代将鄢家从铜梁迁到了南川。父亲鄢孔彰，读过两年私塾，懂中医，谙文墨，在南川开了一个锅厂。至少在父亲手上，鄢家的家业、产业还是比较兴旺的。

1934年4月5日，鄢国培诞生在南川隆化镇家宅中。这天是清明节。

鄢国培在家里排行老五，上有一个姐姐和三个哥哥，下有一个妹妹。

鄢国培从小生活在一种浓浓的文化氛围之中，他最喜欢听龙门阵、看川剧和当地艺人演出的《金钱板》《莲花闹》。父亲知道的故事特别多，经常跟鄢国培摆龙门阵，诸如"熊外婆""孽龙吞珠""芭蕉精"等，鄢国培听得入迷，还夜里挑灯，让父亲边看书边讲，讲得最多的是《天方夜谭》和《聊斋志异》。鄢国培听得兴奋得不肯上床，钻进被窝里也辗转反侧，久久不能入睡，深深牵挂着故事中的人物。那时，幼小的国培便萌发了一个想法：要是自己能识字该多好！自己读，不再要人讲。于是，不满5岁，他便吵着母亲将他送进学堂读书。

在学校里，他迷恋上了课外读物。尽管是战乱时期，但时不时有新文学、新思潮涌入这个偏僻的小镇。鄢国培在学校里如饥似渴地读文学作品，小学四年级时，开始看《水浒传》《西游记》《三国演义》《白蛇传》等古典名著和其他长篇小说。父亲在鄢国培心灵中播下的文学种子获得了超时空的张力。从小学到初中，鄢国培的功课都非常糟。后来，老鄢不止一次地讲："高小两年毕业，我却读了三年。我读了三年初中，还在一年级（读）。"（《沧海浮云·后记》）。这一结果是父亲万万没想到的。老人很生气，接受了一些新思想的鄂国培又不服管教，与之顶撞、争辩。父亲一气之下，在鄂国培14岁那年（即1948年）便停止了他的学业，把他先后送到南川铁厂、百货铺当学徒。

走上了学徒岗位的鄂国培，文学梦却依然未醒。他渴望读书，在整整当了4年学徒之后的1952年，得到姐姐鄂国芬的帮助，进入了重庆市第六中学读初中。鄂国培对学习再也不敢马虎了，他在努力学习的同时，又争分夺秒地读文学作品，还刻苦练习写作——他正做一个作家梦！他既写通讯，又写小说，写稿必投，有投必退。他投稿最多的报纸是《重庆日报》。投稿多了，编辑对鄂国培的名字及写作情况也熟悉了，故退稿时往往附一封较长的信，内容大多是不中听的。用鄂国培的话说："他们怀疑我不是搞写作的那块料！"但功夫不负有心人，尽管小说尚未发一篇，他的若干篇"千字文"通讯却在《重庆日报》陆陆续续被发表了！

"千字文"的发表对鄂国培来说意义非凡，他认为这些变成了铅字的短文证明了自己是能够搞写作的。鄂国培的文学之路，也正是从这些短文的写作起步的。

第一个丰收时节：短篇小说创作

1955年元月，于重庆市第六中学初中毕业的鄂国培，被长航重庆青草坝船厂录用当工人。这年4月，鄂国培写了少儿生活的小说处女作《凤尾溪边》，在上海《少年文艺》发表了。一般来说，处女作的发表，标志着一个作家正向成功迈进。《凤尾溪边》的发表，对鄢国培来说，正是一枝报春的花蕾，预示着鄢国培文学创作的第一个春天已经到来，第一个创作丰收时节已经不远。

从学生到学徒，再从学徒到学生，再到学徒，这种曲折的经历使鄢国培获得了丰富的生活经验及对人生的感悟。

他根据少年时父亲办锅厂、自己在南川铁厂当学徒及在重庆青草坝船厂当工人时所积累的知识和生活经验，写出了短篇小说《老鹰岩探矿》，于1956年在上海《少年文艺》发表。1955年、1956年两年内，鄢国培先后在上海的《少年文艺》、重庆的《红岩》《重庆日报》、成都的《草地》等报刊共计发表《小电工》《老鹰岩探矿》《父子船长》等10余篇短篇小说。1956年12月，他的第一个短篇小说集《老鹰岩探矿》由重庆人民出版社（现为重庆出版社）出版。此时，鄢国培22岁。

1956年，鄢国培从青草坝船厂被调到长航重庆轮船公司"岷江号"登陆艇上当电工。从此，他开始了在长江上23年之久的海员生活。

1956年年底，鄢国培出席了四川省文联在成都召开的创作会议。会上，鄢国培见到了他的文学偶像巴金。巴金写作从不拟提纲，写长篇小说《激流三部曲》——《家》《春》《秋》也是如此。巴金说："一个二十来岁的青年成了作家，是一件'不幸的事'（意为思想不成熟）。"巴金在讲座中所谈到的这两点，对鄢国培触动很大，并对他的创作产生了重要影响。会议期间，鄢国培与青年作家克非同住一个房间，克非提出了要写《农村三部曲》。此时已在长江轮船上工作的鄂国培，则提出了要写《长江三部曲》，并要比一比。故鄂国培创作长篇小说《长江三部曲》的设想，早于1956年便已产生。

1957年9月，上海《萌芽》文学月刊发表了鄂国培的短篇小说《他们是幸福的》。这是一篇有着鲜明时代内容和特色的反旧传统婚姻、恋爱观念，反爱情唯我主义、至上主义的批判现实主义作品，主题思想和内容积极、健康、向上。在构思上，小说采用了直叙、插叙、倒叙等手法，使情节发展环环紧扣、起伏跌宕、引人入胜。语言朴实优美，朗朗上口，是鄂国培短篇小说中的力作。然而，在反右派斗争中，这个作品受到了批判。批判尽管以文章形式在《萌芽》杂志上进行，但对鄂国培的震动也极大！在这场反右派斗争中，他还耳闻目睹了他曾十分热爱和敬仰的不少作家及其作品也遭受了口诛笔伐，十分惨烈。自此时起的20年内，鄂国培沉默了，再未提笔写过一篇小说。

蹉跎岁月：搁笔20年

自1956年上"岷江号"登陆艇后不久，鄂国培又先后被调往长航重庆轮船公司"冷藏402号"轮、"食品503号"轮上工作。这两艘驳轮均系食品运输轮，往来于重庆与武汉、上海之间，途经宜昌，往往抛锚登岸，休息一两天，再登程。

因有这一登岸机缘，1958年，鄂国培经一位同事牵线搭桥，与家住宜昌的民生轮船公司的水手周文湘的女儿周世英相识恋爱了。周世英是重庆忠县人，初中文化，酷爱文学，十分钦佩鄂国培的写作才华。他俩一见钟情，并很快结婚。一张保存完好的头挨头的结

婚黑白照，至今仍清晰展示出这对年轻、文静、眉清目秀、情深意
长的恩爱夫妻当年的风采！

他们的家就安在宜昌。家庭的重负绝不是一首轻松愉悦的歌。
生活的磨砺折射出这对年轻夫妇性格的另一面：坚韧、顽强、厚道、
体贴。鄢国培一年只有 52 天假日陪伴着家人，其余的时间均在轮船
上度过。他在《沧海浮云》后记中写道："我青春中最美好的时光，
都是在船舱、甲板上度过的。"每当他回到家里，每当他把领到的工
资递到妻子的手上，他对妻子总有一种道不尽的感激之情："这个家
全靠你一个人撑着，苦了你！海员工作的特殊性限制了我，没
法。"是的，妻子一个人既要上班又要持家，还要拖带着两个孩子，
怎不苦呢？每当鄢国培离家上船时，周世英便哭："你扔下我和这个
家，我该怎么办哪？"鄢国培安慰她："不要哭，要坚强。我去挣钱，
孩子慢慢长大了，我们有了钱，生活就会好过了。"每当船到了武
汉、南京、上海等地，鄢国培便上岸为妻子、孩子买衣服、鞋子、
袜子等，还买好吃的，如腊肉、海鲜、香鸡、香肚等。一次在上海，
他挤入长长的队伍中站队为妻子买"卫生纸"，同事们乐呵呵地笑
他，他赶忙解释："宜昌没有卖、没有卖。"

鄢国培在船上是电工，他以很少的时间便能干完全天的工作，
剩余的时间用来读书、构思和遐想。从重庆往武汉跑一趟，需半个
月；跑一趟上海，得一个月。起航前，他总要到重庆市图书馆或重
庆人民出版社（现为重庆出版社）图书馆借上个 20 来本书带上船。
一趟下来，书也看完了，然后再借。如此反复，他几乎读完了当时
他所能找到的古今中外的所有文学名著。"不单读文学作品，天文、

地理、经济、政治、哲学、历史……我都读，甚至医、卜、星、相之类的书，我也读。"（《沧海浮云·后记》）。老鄢认为，这后一类书对他也有帮助，他小说中的算命、卜卦等方面的知识及小场面、小情节，便是从这类书中获得启发而写出来的。

20世纪70年代，鄢国培被调到长航宜昌港务局（现为宜昌港务集团）"长江1080号"拖轮、"长江806号"拖轮上工作。从以往的"冷藏402号"轮、"食品503号"轮到当今的宜昌港的拖轮，他们的轮船停靠了长江沿岸几乎所有能停靠的大小码头，鄢国培和他的同事们也无数次地踏上这些码头。每到一处便观物赏景，或走家串户，或逛街、品茶、饮酒。鄢国培是有心人。通过这些活动，他熟悉和了解了当地的许多风俗民情、人物掌故。每回到船上，大家茶杯一端，凳子一拿，在甲板上围坐一圈，便兴致勃勃地侃开了龙门阵，谈所见所闻，讲奇人、奇事，一些老海员还天南地北地侃李鸿章、张之洞，侃民生公司和卢作孚……这些均成为鄢国培以后的长篇小说《长江三部曲》取之不尽、用之不竭的创作素材。

20年来，鄢国培在长江上所做的大量历史及现状的素材的搜集和书籍的阅读工作，均是在为《长江三部曲》这部浩繁巨作做实质性的准备。

然而，自20世纪50年代末到"文化大革命"，极"左"思潮的泛滥使得《长江三部曲》始终无缘动笔。鄢国培认为，一个作家"不能按自己对生活的看法去写"，这是"一件非常痛苦的事"。这一时期，他钻研起医学来，后又下功夫钻研船舶电工学，想写一本供船舶电工用的书。没多久，他的一本十几万字的《船舶电工实用手册》便写出来了。长航局将这本书出版，并作为教材发到了长航系统每条船上的电工手里。

第一个长篇：《漩流》

"四人帮"倒台后，文艺开始复兴。鄢国培的写作欲望在心中燃烧得非常厉害，但他不相信"老天爷就从此不再变脸"。直至1977年年末，他仍在观望，未能动笔。

1978年初春的一天，是鄢国培文学生涯中永远值得纪念的日子。这天，"长江806号"驳轮停泊西陵峡中的香溪河口，鄢国培与同船加油师傅登岸逛游香溪河。尽管是初春，但阳光特别明媚，天气有些暖和。杨柳枝头冒出芽来，早熟的梨、李树绽出了花蕾。一条清沏透底的香溪河，从远山重岭中迎面欢歌而来，又欢歌而去，闪闪发亮，直泻长江西陵峡口。河坝里，有一群穿红戴绿的艳丽少女在捣衣。他们深深感受到了春的气息、春的清新、春的美好，还谈到了屈原、王昭君。是啊，就在眼前香溪河畔的七里峡里，便有屈原的故里——乐平里；在香溪河的上游，有王昭君的故里——宝坪村。此时，鄢国培从香溪河的美，联想到祖国山河的美，联想到祖国的伟大！正是祖国壮美的山河，陶冶和培育了像屈原那样的伟人，像昭君那样的美人。游览中，鄢国培向加油师傅讲起了要写《长江三部曲》的想法。加油师傅这位饱经长江风浪、刚毅得像三峡里一棵苍松的铮铮汉子，直愣愣地对鄢国培说："为何不写？我说的是为何还不写！你们天天晚上打牌、下棋，打输了、下输了，还吵吵嚷嚷的，真不值！"

当天夜里，就在停泊西陵峡香溪河口驳轮的船舱里，鄂国培开始了《长江三部曲》之一《漩流》的写作。

回到宜昌，鄂国培便在隆中路 4 号一栋两层楼的二楼 16 半方米的家中写作。这里除了住着鄂国培夫妇、两个孩子，另有妻子的姑妈跟他们一起生活。房子破旧不堪，光线暗淡，鄂国培被挤到出出进进、喧闹嘈杂的小楼道里秉笔勤耕。最初，他规定自己每天写一千字，后来觉得轻松，又规定每天写两千字。二十余年未写小说了，许多常用字都忘了。用他自己的话说，一本新买的《新华字典》，等《漩流》写完，已被他翻烂得不成样子了。

极少做笔记，写小说不拟提纲，初稿写出后要改很难……这已是鄂国培的写作习惯了。由于酝酿充分、生活经验丰富，他写起来非常顺畅。他一句句、一节节地往下写，如行云流水，是那样朴素、自然而又多姿多彩。他脑海里早就有这部巨著的整体构思，有主线、副线、主要人物、次要人物的基本设计和设想。然而在具体的写作中，原有的人物、情节、基本的框架、设想发生了很大的改变，原来没有，甚至连想也没想到的人物、情节出现了，而原来所设置好了的人物、情节则忽然没有了。在具体写作中，鄂国培的笔是跟着自我感觉走的，而不是跟着原先设计好的机械、呆板的模式走的。鄂国培认为，这样写出来的人物、情节、故事会更为真实、深刻，会更具有艺术魅力。鄂国培说，这就是他搞小说创作时不拟提纲的基本原因之一。于是，许多曾发生在老一辈作家笔下的奇迹，此时在鄂国培面前也出现了！鄂国培写到最激动、最兴奋的时候，那些活鲜鲜的人物、情节直往笔头上撞。这时候，就再也不是老鄂的笔牵着情节、人物走了，而是脑海中汹涌而出的人物、情节牵着老鄢的笔头走了。

自1978年初起，至当年9月，《漩流》写完了20余万字。10月，鄢国培带着初稿参加了湖北省文联在当阳玉泉寺举办的创作班。《漩流》创作上的大胆构思，在省里来的文学编辑中引起了强烈的震动。国难当头，一个胸怀大志的青年大学生，也是小说的主人公却正在与一个阔小姐在冷泉边定情；民族资本家、企业家，一个个道貌岸然、西装革履，一副十足的绅士样；资产阶级的大少爷、大小姐，一个个灯红酒绿、妖艳风骚。而党的地下工作者，为了掩护，一个个又当起了算命先生、码头袍哥、地痞、流氓……鄢国培在笔下所追求的是本质地反映出那个时代的真实社会生活，再现那个时代的典型环境中的典型性格。《漩流》的初稿，读来令人耳目一新。然而，这样写行吗？于是有人说："稿子要做大的修改。"当时长江文艺出版社的责任编辑田中全则力排众议，读完稿子后他很激动地对老鄢说："就照你的想法写下去。"鄢国培总算吃了一颗定心丸。于是，他放心大胆地按着自己的思路，又继续写下去了。在玉泉寺创作班上，两个月下来，一部50余万字的《漩流》便全部完成了。

稿件交上去后，省文联多位领导读了这部书稿，并予以了充分肯定，将《漩流》列为湖北省1979年向国庆30周年献礼的作品。鄢国培接到通知，立即赴省文联对《漩流》做最后一次修改。鄢国培抵武汉后，省文联刘岱同志对他说："文联领导原打算组织一个座谈会，与你一起研究一下《漩流》的修改问题。但情况有变，一是领导在开会，抽不出时间；二是你的时间紧迫，等不及了。你马上到鄂城招待所住下来，安安心心地修改吧。以你最后的修订稿为准。"

鄂国培在鄂城招待所里，边修改边誊写，每天工作在 14 个小时以上，用两个月的时间做完了《漩流》修订的全部工作。1979 年 2 月，老鄂将《漩流》修订稿如期送交给了长江文艺出版社，出版社于 1979 年国庆前的 8 月正式出版。

《漩流》出版后，在社会上引起了强烈反响，全国有《湖北日报》《工人日报》《人民日报》《文艺报》等十几家报刊纷纷发表了评论文章。《漩流》一上市便被抢购一空，出版社赶忙出版第二版、第三版。《漩流》先后共计发行 26 万余册。

《长江三部曲》：《漩流》《巴山月》《沧海浮云》

《漩流》出版后，鄂国培便迅速投入《长江三部曲》的第二部《巴山月》、第三部《沧海浮云》的创作准备和写作中。为更准确、丰富地掌握小说的背景材料，老鄂还专程去了一趟重庆市图书馆。在那里，他逐日逐页地翻阅了重庆 1949 年前 10 年内的《新华日报》和《新民晚报》。鄂国培说："我付出的劳动是巨大的。"

一部《巴山月》上、下两册，老鄂于 1979 年年底动笔，1982 年完成，先后于宜昌宅中、黄冈白漂湖招待所、英山林场招待所等地写作。《巴山月》上册 40.4 万字，于 1981 年 4 月由长江文艺出版社出版。《巴山月》下册 38.6 万字，于 1983 年 5 月由长江文艺出版社出版。1983 年至 1985 年，老鄂先后于宜昌宅中、湖北省化肥厂招待所，以及寓所里写作，完成了《长江三部曲》的第三部——《沧海浮云》上、下两册的全部内容，共 64 万字，于 1986 年 1 月由中国文联出版社出版。

《长江三部曲》全书，共计 200 万字，历时七载完成。这是专写长江生活的首部长篇小说巨制。这样一种规模，这样一种壮阔，在现代和当代长篇小说创作中也是不多见的。

《漩流》写 20 世纪 30 年代国内革命战争时期，中国民族资产阶级办川江航运的错综复杂的斗争生活及川东地下党同国民党展开的严酷斗争生活。《巴山月》所描写的，是在抗战爆发这一特定环境下，民族资产阶级同买办阶级、官僚资产阶级在川东航运领域所展开的殊死斗争，以及围绕着抗日救国、建立抗日民族统一战线而展开的川东地下党及劳苦大众与国民党之间的错综复杂的斗争生活。《沧海浮云》所描写的，则是 1949 年前国民党顽固派在川江上的最后一搏，以及这一历史时期民族资产阶级在川江上的苦心经营和所遭遇到的种种厄运。《长江三部曲》既是连续的，又是具有独立性的。"故事好编，人物难写。"《长江三部曲》描写了上百个栩栩如生的人物，其中众多的人物塑造是非常成功的。该书以磅礴的气势、优美细腻的笔触，描绘出了三峡、川东、重庆地区 20 年间广阔、宏伟的有着浓郁地方色彩和生活气息的社会生活画卷。《长江三部曲》受到广大读者的欢迎，同时也获得了中国文坛上许多同人的高度赞誉。怀念鄢国培的《又一个好人远行了》一文中说，《长江三部曲》，尤其是《漩流》，"真想象不到老鄢竟能写得那么恢宏大气和流畅自如"，"这部小说从结构的安排到人物的塑造，从章节的过渡到文字的感觉都让人觉得出手不俗。有些篇章可以说写得相当精彩，拿出来同当代任何一个大作家相比，都毫不逊色。……无论如何，鄂国培的这部《长江三部曲》仍然是长篇小说中首屈一指的作品"。

300 万字作品传世：他永远活着

1979 年，鄂国培当选为宜昌市第九届、第十届人大常委会委员；同年，他从船上调入了长航局创作室任专业创作员；1980 年，成为中国作家协会会员；1984 年被调到湖北省作家协会任专业作家；次年，任省作家协会副主席；1990 年以突出的文学贡献而享受国务院特殊津贴专家待遇，同年任省作家协会主席；1993 年当选为湖北省第八届人民代表大会代表、中共第十四次全国代表大会代表。

在《巴山月》和《沧海浮云》的写作过程中，他曾两次病重、病危，经过住院抢救、治疗。医生说："鄂国培能活过来是个奇迹。"康复出院后，他又立即投入了紧张而艰辛的写作中。继《长江三部曲》之后，1987 年 6 月，他在《当代作家》发表了中篇小说《美丑奇幻曲》；1989 年 8 月，他在《长江文艺》发表了中篇小说《荒漠的神殿》。

在《长江三部曲》完成后，鄂国培又制订了一个宏伟的长篇小说创作计划：他要写《乌江三部曲》《清江三部曲》和《官场·商场·情场三部曲》。乌江，曾是太平天国石达开全军覆没之地，也是当年红军英勇抢渡乌江、胜利北上之所。同时，乌江历来又是各种土匪、地方军阀、国民党残余势力盘踞和反复争夺的地方。鄂国培用了不到两年的时间，就写出了反映乌江武隆、彭水沿岸以袍哥头子冉隆学、女匪杨秀云等为主要人物的，各地方武装割据势力之间的残酷、复杂斗争生活的《乌江三部曲》之一——《冉大爷历险记》。这是一部极富传奇色彩的通俗长篇小说，共21万余字，于1990年6月由长江文艺出版社出版。然而，谁能想到，这部《冉大爷历险记》竟是老鄢长篇小说创作的绝笔。

为创作《清江三部曲》，他曾沿清江两岸对恩施、鹤峰、长阳、宜都等地进行了历时数月的深入采风、实地考察。在任省作协主席其间，他组织筹集资金，为省作协在宜昌大老岭国家森林公园里建起了一座宽敞、舒适的作家别墅，以供作家们写作、避暑、休养用。在离我们而去的前17天，即1995年12月5日，鄢国培还在为延安时期老文艺家、湖北省文联主席骆文同志主持"骆文诗意书画展"开幕式，并发表了热情洋溢的讲话。

1995年12月22日，是一个黑色沉痛的日子！老鄢乘坐的从武汉开往宜昌的小车，在即将抵达宜昌伍家岗的高速公路上，前右轮胎突然爆炸。汽车失去控制，以巨大惯性力向右边护栏猛烈撞击过去。护栏被撞断，汽车朝前冲出老远后，栽进了一条沟里。坐在驾驶室右座的老鄢，被甩了出去……当周围的老乡们赶来救护时，老鄢已经不行了。乡亲们怎么也没想到，眼前这位穿着简单、头发有点长、纯朴得像一位农民的汉子，竟是写出了《长江三部曲》的大作家鄢国培。

老鄢走了，但他并没有离开我们。巴金说："作家的生命是作品。"老鄢留给我们长篇小说四部、中篇小说两部、短篇小说集一个，另还有已发表但尚未汇集的脍炙人口的散文、文学评论文章若干。他一生创作的作品共300余万字。他以不朽的作品永远活在人世间。

袁在平，湖北省作协会员，长期从事地方刊物编辑和文史研究工作，在国家、省、市报纸杂志发表文学作品、文史文章、学术论文180余万字，出版文史专著《三峡史海钩沉录》等。

生命中有当工人的履历

张永久

进城拖粪的机缘

回忆过去，一个个日子充满了斑斓的光影。

下乡插队一年后的一天，生产队的金队长叉着腰，手拢成喇叭形，站在自家屋场上大声朝知青点这边喊话："张——永——久，你——过来一下!"

那是 1974 年春天，我挑着一担秧苗走在田埂上，听见金队长喊话，立马把秧苗搁在稻田边，屁颠屁颠地往村子东头跑。

金队长笑眯眯的，眼睛合成了一条缝。"进我屋里去，填张表。"

拿到宜都磷肥厂的招工合同表，按理说应该高兴。但是当时我的心情有点矛盾，既高兴，又有点不高兴。刚刚动工兴建的宜都磷肥厂，是 20 世纪 70 年代宜都工业布局的一颗重要棋子。新工厂，新事新办，磷肥厂决定招收一批特殊工人——亦工亦农的合同工。"亦工亦农"是那个年代特有的一个词，大概意思是，在厂子里去当工人，但农民身份不变。每月工资 37 块 5 毛，20 块交生产队记工分，

17 块 5 毛归自己做生活费。

不是工厂的正式招工，我的兴趣顿时减弱了许多。此外，还有个更重要的原因：我迷恋上了写诗。

年轻时对生活的认识肤浅，内心顽固地认为，只有在广袤的田野上才有诗情。炊烟缕缕的农家，鸟儿飞翔的蓝天，绿色翻滚的麦田……对于一个疯狂热爱写诗的青年来说，充满了诗情画意。而烟囱林立、机器轰鸣的工厂，哪里会有什么诗呢？

年轻时为什么会迷上写诗？后来的岁月中我曾经暗暗追问过自己。也许如人们经常说的，心里有一颗诗的种子，遇到合适的土壤就发芽了。这是一个诗意的说法。仔细观察，每个人选择不一样的生活道路，还是有迹可循的。比如我迷上写诗，就源自一次进城为生产队拖大粪。

我下乡插队的生产队离县城只有十二里路。那年月没有冲水厕所，我们生产队出钱包下县楚剧团宿舍楼的大粪坑，隔个十天半月，队长就会派人去城里拖粪。相对于农田里的劳作，进城拖粪是个轻松活，而且十分自由。每次到了快拖粪的日子，我就放下姿态向金队长百般讨好，争取能被派上这个自由活。那天和我一起去拖粪的老曹，有个绰号叫"曹碗图"，他当过国民党士兵，农田里干活时，动不动就爱模仿美国教官用英语喊的出操口令："碗图碗，碗图碗……"翻译成中国话是"一二一，一二一"。久而久之，他得到了个"曹碗图"的绰号。

我和曹碗图拖着粪车，走在洒满阳光的黄土公路上。没想到进城后，意外碰到了高中时的语文老师朱丕孚。我低着头，一顶草帽拉得遮住鼻子，但还是被他发现了。寒暄几句过后，朱丕孚老师说，为纪念毛主席延安文艺座谈会三十周年，他最近被抽调到县文化馆搞创作辅导。"读高中时，你作文成绩不错，可以搞点创作嘛！"朱老师说一口难懂的湖南话，他说的"创作"二字，在我以前的人生字典中从未出现过，我不由得愣了一下。

自从朱老师说我"可以搞点创作"之后，我看世界的眼光果然起了一些变化。愉快地和朱老师告别后，我拖着粪车，哼着歌儿，继续走在洒满阳光的黄土公路上。一抬头，看见歇在电线上的几只麻雀，恍若五线谱上的音符。

幸福地着迷

那次从县城拖粪回到生产队后，我心里开始琢磨该如何搞创作。从文具店买了一摞学生练习本，每天从农田里干活回到知青点后，摸黑吃过夜饭，点亮柴油灯，开始伏案专心致志搞创作。不出半个月，写了十二首诗、三篇散文，再进城时，特地去找朱丕孚老师指点。"不错不错，就照这个样子写！"朱老师脸上笑眯眯的，用钢笔在练习本上改了几个字，又从抽屉里拿出一沓方格稿纸，让我修改后誊写一遍。"这几件作品，我们县文化馆准备向省里推荐。"

我毕恭毕敬地点头，其实并没有太当回事。心里想：我这算什么作品，向省里推荐，十有八九没有希望。将"作品"誊写上交后，我回到生产队继续每天干活。一周过去了，又一周过去了，日历像秋天的树叶一片片落下，很快过去了两三个月，进入夏天。

有一天，我们正在水库堤坝上打石硪，随着石硪的提起和落下，一群农村妇女笑声飞扬，说着一些不伤大雅的荤笑话。堤坝那头的树林里，闪过一辆自行车的影子。一个穿绿色邮电服的人骑车过来，手中高扬着一摞信件。从那摞信件中，我一下子辨识出自己的名字。拿上手，一看信封，落款处有"武汉"字样，一颗心竟怦怦跳了起来。

知青上山下乡运动中有位福建人民教师李××，儿子下乡插队后处境十分糟糕，他向毛主席写信反映。毛主席回信："全国此类事甚多，容当统筹解决。"之后，有段时间，全国知青均受到特殊关照。文学艺术界不甘落后，文学杂志和报纸副刊都向知青开启了绿灯。当时，《湖北文艺》（即后来的《长江文艺》）开辟了一个栏目"广阔天地出诗篇"，专门刊登知青们的文学作品。我的诗歌习作《支农路上》发表在 1973 年某期。

一个最基层的习作者，居然可以在省级刊物上发表作品，这大大刺激了我的创作欲望，或者说，写诗的野心。打那以后，每天生产队里收工，我总是以最快的速度回到知青点做饭。三下五除二吃完饭后，点起柴油灯，写诗。有次写诗中间去上厕所，被知青点的女知青看见了，她捧起肚子，笑得蹲在地上。我浑然不觉，不知道发生了什么事。闹了半天我才弄明白，柴油灯与煤油灯的不同之处在于，柴油灯燃过之后，鼻子以下部位全是油烟，手一抹，就成了大花脸。

有一次，记不清从哪个秘密渠道弄到了一本俄罗斯普希金的长篇诗体小说《欧根·奥涅金》。读过之后，被天才诗人普希金的才情所深深折服。我开始每天写诗歌体日记，用顺口溜、打油诗的方式，记录每天所经历的事情。前些年整理书房，翻阅书柜里那些发黄的日记本，看着一行行幼稚而真诚的句子，不禁发出自嘲的笑声。

宜昌工人诗人前辈黄声笑，有首打油诗："前世作了恶，今生搞创作。吃也吃不好，睡也睡不着。"几句平白的大实话，说出了搞创作的艰辛。虽然我每天坚持写诗歌体日记，创作出的诗歌有几大本，但是，好运并没有接踵而来，寄给各级刊物的作品犹如向大海里投出的石子，杳无音信。

这个经历有点像钓鱼，某次去垂钓，钓到了一条大鱼，以为只要下竿，大鱼天天都有。可是生活往往事与愿违。你拿着根钓竿，天天守候在那里，却根本没有大鱼，甚至连小鱼儿也懒得来咬钩。直到 1975 年秋天，我的第一篇诗歌习作《支农路上》发表两年以后，《湖北文艺》（现为《长江文艺》）才发表了我的第二首诗《高山鹰》。这首诗写一个采药姑娘在千仞绝壁上采药的生活情景。

生活的苦酒

第二首诗歌发表那年，我又一次填写了招工表。

这次招工，招的是湖北化肥厂（省化）的正式工人。

交通不发达的年代，在长江上乘坐轮船旅行是件值得炫耀的事情，何况我们是国家大型现代企业——湖北省化肥厂招收的第一批工人。汽笛一声长鸣，我们这一群湖北化肥厂新招收的青年工人从沉闷的船舱里走出来，走下跳板，沿着马家店码头的石台阶逐级而上。阳光很好，身后传来水手的抛锚声，铁链条哗啦哗啦响起，几只江鸥，贴着江面低低飞翔。

走在队伍最前边的是两位女知青：小吴和小江。一个是宜昌知青，一个是宜都知青。她们身材高挑，昂首挺胸，新时代女性派头十足，给人留下深刻而美好的印象。这支五六十人的青年工人队伍排满了马家店镇上的一条街，沿途居民站在街两边，向这支幸运儿队伍投来羡慕的目光。

20世纪70年代，省化是一家国企，合成氨、尿素的生产装置，分别从美国和荷兰引进。开工誓师大会上，当时的湖北省委书记潘振武为之剪彩。我们进厂后，工厂尚在施工建设阶段，作为工厂未来的主人，全厂1000多名青年工人根据需要，被派往全国各地的工厂去实习。我被分配到电气车间，工种是电工，第一个实习单位是汉阳轧钢厂。

带我的师傅姓姚，小个子，活泼机灵，怕老婆，打得一手好乒乓球。他经常叮嘱我：电工是门轻松活，不靠力气吃饭，靠技术。姚师傅说话时我频频点头，佯装很虔诚的样子，实际上并没有听进耳朵。在电工技术上我不求上进，得过且过，单凭聪明劲，蜻蜓点水似的学一点，业务不算太差，也不是很强，在电气车间学徒工中处于中游水平。

那时候，我的文学梦已经破土而出，正在蓬勃地向上生长。旁人觉察不到，我自己能听得清，心中觉醒的文学梦，抽穗、拔节，迎风呼呼向上生长的声音。上班时，姚师傅拿本《电工手册》让我阅读，我把《电工手册》放在上面，底下放本巴尔扎克的《高老头》，或者托尔斯泰的《战争与和平》。有一次，被姚师傅发现了，他没有批评我，笑笑走了。背过身，他轻轻叹了一口气。

沉醉于文学梦中的我，并不能体会到姚师傅叹那口气的分量。此事大约发生在 1978 年，招工进厂已经 3 年。虽然我一直未能再在省级刊物上发表作品，但是在县级、地市级文学刊物上，还是能隔三岔五亮个相。

当年车间里流行几句顺口溜："紧车工，慢钳工，不紧不慢当铣工，吊儿郎当干电工……"电工生活轻松悠闲，成天腰间挂个"盒子炮"（装电工工具的皮匣子），满车间四处溜达看姑娘（车工、刨工中有许多青年女工），哪架车床、刨床停摆了，不用着急，人家会求着电工去维修。如今想来，这种生活还是蛮写意的，但是当年的我并不这么看。有一阵，我觉得工厂生活枯燥乏味，上班是混日子，打发时间。从上班的那一刻起就盼着下班，回宿舍去做我的文学梦，从事读书与写作。

文学梦能够催人奋进，也能够让人急火攻心、走火入魔。更加糟糕的情况终于还是发生了。有一次读报，我读到一条新闻：一位抽调进城的知青，忍受不了城市生活的闲适无聊，申请重新返乡当知青。这条新闻像一束火苗，呼呼啦啦点燃了我心中早已架好的一堆干柴。当天晚上，我向省化党委写了一份辞职报告，申请回到我过去插队的生产队，"返乡闹革命"。

信写好了，装进信封，封上口，贴上一枚 8 分钱的邮票。从厂区青工宿舍里走出来，我来到街头的一个绿色邮筒前。这封信投不投进去？我围着绿色邮筒，反反复复转圈。大约过了 3 分钟，也许是 5 分钟，终于一咬牙，将那封信投进了邮筒。

如果那封信不投递，也不会发生后来的事情。一周后，省化党委以党委文件的形式发出号召，要求全厂工人向我"学习"，不贪图安逸，不留恋城市，主动申请"返乡闹革命"。我一下子成了工厂里的"名人"，无论走到哪里，都有人当面恭维，要向我"学习"。我感觉到的更多是人们针一样的目光，许多手指在我背后戳戳点点，用讥讽嘲笑的口吻说："看那个'名人'，好假哟……"主动跳进火坑的那些日子，如果用四个字的成语形容，应该是"如坐针毡"。

哪一个人年轻时没有几桩荒唐事？一桩荒唐事，却以严肃庄重、宏大叙事的喜剧形式出现，是那个年代反复上演、经常可见的社会情景剧。我演的这出肯定不是悲剧，有点像喜剧——不，也不是喜剧，更像一出小小的闹剧。看了想笑，却笑不出声，内心有一种想哭的孤独感。这件事已经过去了很多年，至今回忆起来依然苦涩。隔着岁月的烟波，我看见幼稚的自己在时间长河中沉浮挣扎，起伏不定。这件事的结尾，是一位姓崔的副厂长数次找我交心、谈心。崔副厂长很快发觉在这件事情上我立场并不坚定，态度犹豫不决，他拍着我的肩膀，宽厚地笑了笑，什么也没有再说，转身走了。

曾在省化共过事的一位朋友后来告诉我，当时厂党委把这事交给厂团委处理，团委的几个青年干部跟领导说："张永久是个有理想、有才华的年轻人，表现很好，经常向各级报刊投稿，《工人日报》还发表过他的诗，我们都很欣赏他。他这种想法可以表扬，但不宜推广。既然当工人了，就该干一行爱一行，以厂为家。"听厂团委几个青年干部这么说，省化党委放过了我，不再号召全厂职工向我"学习"，而是做了冷处理，不再提起。

我在省化继续上班下班，度过了一长段如坐针毡的日子。这件事就像一阵风吹过似的，似乎并没有在大家心中留下什么痕迹。只有我自己知道，那阵风吹过之后，在心田里留下了一道暗伤，伤疤时隐时现，提醒我：生活的苦酒，必须得喝下去，况且这是自己酿制的一杯苦酒。一个人，不经历岁月磨砺，不放到铁砧上去锻打几次，难成好钢。写这篇回忆录时，我仍然能感觉到后背脊上在出汗。

耕耘必有收获

在省化最难忘的一段记忆，是去泸州天然气化肥厂（简称"泸天化"）培训实习。

泸天化坐落于四川省泸州市纳溪县（现为纳溪区），那是长江上游的一个小县城，依山傍水，景致美丽，物产丰富。泸天化在江对岸，每逢周末，便会有一群青工相互邀约，坐渡船去逛山货市场。我最喜欢去的地方是川剧茶馆，一个狭窄的巷子深处，俏女俊男装扮已毕，一阵锣鼓响过之后，川剧演员轮番上场。演变脸的那位动作不怎么熟练，变着变着就露出了破绽，常常惹得观众捧腹大笑。演武打的那位武小生，大概是心疼与他对打的女主角，高举起的板凳每次都轻轻落下，动作温柔，像是微风中的一朵水莲花。看过戏的人都说他动作太假，不过，假也假得真诚。

带领我们培训的是泸天化电工班的一群小师傅们。那群人有男有女，一个个既年轻又特别有才华。不到30岁的师傅小段，满腹经纶，开口老子，闭口老庄，唐诗宋词背得滚瓜烂熟。那年月没有网络，人们的娱乐方式除了打乒乓球、篮球之外，就是聚在一起听人讲故事。小段不知从哪里得来那么多故事，中午吃饭的空当儿，常常是我们听他讲故事的时间。"午夜的天空之下忽然响起了一阵钢琴声。从窗户格子里看进去，一只白手套在琴键上弹奏，却没有人……"他讲鬼故事讲得我们毛骨悚然。那些鬼故事，是我年轻时文学营养中的一部分。还有刘大个子，篮球打得倍儿棒。矮矮胖胖的谭肥人，动手能力超强，将编织的金属小玩件到处送人。长辫子女师傅金小红，那个时段在谈恋爱，每天脸上笑成一朵花。电工班的一帮青年师傅，增添了我对四川的感情浓度。后来我从事写作，写了五本关于四川的书，也算是对四川小师傅们的一个回报。

远离湖北去四川泸天化培训，我虽然每天还在坚持写诗歌体日记，却中断了向文学刊物投稿。因为那年月，交通和通信都不便捷，我不知道泸天化的培训有多长时间，暂时没有固定的通信地址。我决定沉下来，认真读书写作，积攒到一定数量，等回到枝江有了稳定的通信地址，再一次性集中投稿。这有点像打拳：深深吸一口气，左拳在前，右拳在后，脚步悄然移动，充分准备好之后再打出决定性的一拳。

心理上不再那么急迫，写作节奏慢下来，质量也会提高。除了每天坚持写诗歌体日记练笔外，每两三天，我都要创作一首与工厂（重点是化肥厂）生活有关的诗歌，一个月下来，稿纸上有了三十多首诗。我从中挑选十首，计划作为"集束炮弹"，投向《长江文艺》的诗歌编辑刘益善。泸天化培训结束前几天，我将"集束炮弹"投向绿色邮箱，然后收拾行装，先坐长途汽车再转乘轮船，沿长江顺流而下回到湖北枝江。

等候回信的日子特别难熬。一周过去了，两周过去了，三周过去了……投寄的诗稿如泥牛入海，杳无音信。心里嘀咕：毕竟我只是在一次改稿会上认识了刘益善，并没有什么交往。《长江文艺》是省级名刊，我是无名小辈，人家不理睬也正常。

有点气馁，却并没有泄气。那段时间我正在读海明威的《老人与海》，古巴老渔夫桑提亚哥的形象在我心中激荡。"人可以被毁灭，但不可以被打败！"一个写作者，若是意志顽强，无论遭遇什么样的困难，甚至失败，都不会让灵魂屈服。收拾起一片暗淡的心情，每天工作之余，我继续坚持读书和写作。省化肥厂有个图书馆，按规矩每次只能借两本书，每隔两三天我就会去换书，管理员嫌麻烦，干脆特许我每次可以借五本书。

秋天，我突然收到了《长江文艺》的一封信。拆开一看，是欣秋老师写来的。欣秋老师我不认识，只知道他是《长江文艺》副主编，主管诗歌栏目。他在信中写道："你投寄的一组诗稿已收到很久了，因刘益善同志下乡工作两三个月，一直没有人拆。我们怀疑你寄的是稿件，才拆开看了。"几句解释之后，好消息随之而出，欣秋老师在信中告诉我，他从组诗中选了《六月雪》和《拧》两首诗，并专门请武汉大学李敬一老师写了评论，准备刊发。

那时候，《长江文艺》还是双月刊。1977年12月，我收到了《长江文艺》第6期刊物，里面果然有我的两首诗，还配发了李敬一先生的评论。消息很快在省化文化圈内传开了，厂子里的一帮文友前来祝贺，敲诈我掏钱办一桌，大家一起热闹热闹。有个文友高老师，羡慕之余也有点不服气，附在我耳边小声说："那篇评论，比你的诗写得好！"他说的是实情，我心里有点甜，也有点酸。李敬一先生是当年武汉大学众多教师中的一位。1988年，我到武汉大学读作家班，终于有幸认识了他。其时，李敬一先生已经调离中文系，任武汉大学新闻学院院长。

《长江文艺》推荐并配发评论，使我成了湖北文学界声名鹊起的一位新秀。享此殊荣，之后几年我陆续在《长江文艺》《工人日报》《长江日报》《广州文艺》《星星》等报刊发表诗歌数十首。1983年初，湖北省作家协会举办第一届文学讲习所，我被推荐入所学习。那是湖北省改革开放以来青年文学创作队伍系统性的一次培训，被誉为湖北文学界的"黄埔一期"，地址设在首义路省第二招待所，同届学员有池莉、叶明山、李叔德、董宏猷、董宏量、叶梅、王继、汪洪、吕晓郎、黄学龙、杨威等。湖北省作协从全国各地请来了一大批著名的作家、专家为我们授课，有李泽厚、姚雪垠、碧野、曾卓、张一弓、古华、祖慰、杨江柱等。至今，我仍然深深感谢欣秋老师，感谢当年那些一心扶持、提携年轻人的老作家、老编辑。

从诗歌创作起步，后来我写散文、小说、传记和历史随笔，一步步走过来，先后发表作品数百万字，出版了《袁家有故事》《摩登已成往事》《黄金水道》《画梦录》等图书二十多部。回望我的创作园地，花花草草，枝繁叶茂，渐成自己喜爱的气象。时至今日，我依然十分怀念这块园地里的第一瓣嫩芽，那鹅黄色的充满希望的嫩芽，虽然幼稚，却生机勃勃。

张永久，中国作家协会会员，在《长江文艺》《芳草》《长江日报》《湖北日报》等发表作品若干，专注于历史题材写作，出版《摩登已成往事》《袁家有故事》等二十多部作品，曾获湖北文学奖。

我的工人生涯

蒋 杏

　　我离开家乡那年刚满 15 岁。15 岁，严格地说来只能算一个自以为是的孩子。起初我在公路段养路，那是 1968 年，挖水沟，铺沙石，修路肩，填坑洼；继而又去白洋搬运队拖车，两根长长的跳板，一头连着岸，一头连着船，上船下船别说拖一车货物，就是走一趟都胆战心惊。到了 1969 年春，我辗转来到姚家港砖瓦厂。

　　我在砖瓦厂主要是挖土、推车、装窑、拖砖，运动量大，饭量直线上升，每顿半斤饭都填不饱肚子。当我每天为那点可怜的饭菜票发愁的时候，砖瓦厂旁边又一座工厂拔地而起，这就是如今的三宁公司。

　　三宁公司的前身是一家县办化肥厂，于 1969 年动工兴建。化肥厂要比砖瓦厂先进得多，一座座巍峨的厂房和高耸的铁塔显得趾高气扬。这座设计年产三千吨合成氨的氮肥厂就坐落在我回家路上，每每与它擦肩而过，我都要停下脚步向它投去充满倾慕的一瞥，想象着在化肥厂里当一名工人的情景。但我知道这是不可能的，除非太阳从西边出来。

可太阳偏偏就从西边出来了。化肥厂给了我们大队一个招工名额，大队推荐了我。1970 年 6 月 30 日是一个让我铭记终生的日子，我挑着一副简单的行囊走进化肥厂更为简单的大门。

五十多年过去，我仍然无法描述当时的心情：惊奇、怯生、张皇、喜悦，亦真亦幻，似梦非梦。

我属于化肥厂破土动工以来招收的第二批工人，我们全是小青年，十八九岁，部分来自城镇，部分来自农村。几个月后分配工种，不少人四处托情、找关系，我没有，再说我也无人可托。对于我而言，跳出农门犹如乞丐中绣球，天上掉馅饼，高兴都来不及。

我被分配为锅炉工。

尽管我有着充分的思想准备，但有那么一瞬间脑子里仍然一片空白。我知道烧锅炉意味着什么。几个月的工厂生涯使我对这座先进的化肥企业有了些许认识。烧锅炉不是一个陌生职业，自从有了蒸汽机，锅炉就诞生了。烧锅炉的工人有一个专用名字，叫司炉，民间称"煤黑子"。

由于设计上的缺陷，蒸汽压力经常不够。蒸汽压力不够，后面车间就要停摆。车间主任、生产调度员、分管生产的厂长，很多时候就盯在车间门口，每一个司炉得铆足劲将炉火烧得更旺。煤烟冲天，灰尘弥漫，整个锅炉车间就像一团混沌的火球。

化肥厂是三班制：白班、夜班、早班。在那个没有电视，没有网吧，也没有歌厅、舞厅的年代，打发业余时光的唯一办法就是睡觉，直到有一天我父亲来了。

我父亲是公社会计，或许是常年与数字打交道的原因，这个理着小平头的中年男人显得严肃而又古板，尤其在几个孩子面前，一年四季很少从他脸上看到舒心的笑容。

那是黄昏，由于要上早班，我吃过晚饭就上床了。上早班是夜里十二点钟上班，第二天早上八点下班。这个时段的班次最难熬，早早上床睡觉是一件再正常不过的事情。可我的父亲并不这样看，从他进门见我睡在床上脸就一直绷着。那天父亲在宿舍里只待了很小一会儿，临走时恶狠狠地甩下一句话："看你睡，光睡有什么出息？能够成人？"

父亲走了，窗外的天空渐次暗淡。没人开灯，无边的夜色像一床厚厚的棉被包裹着我。忽然间我感到难受。真的，很难受。难受之中我觉得心底某个角落有一线光亮正在渐渐升起。父亲说的没错，我不能除了上班就是睡觉，我得成人，得有所出息。

之后我曾多次问自己："你将全部热忱投入文学是否得益于父亲那次恶狠狠的训斥？"我不能肯定，但可以肯定的是至少与那次训斥有关。

有关我烧锅炉的文字现在能够看到的极少，仅存一首《老炉工》，发表于1975年的《湖北文艺》（现为《长江文艺》）上。

在发表《老炉工》之前，宜昌地区群艺馆编印的《屈风》和枝江县（现为枝江市）文化馆编印的《枝江文艺》也零星发表过我的一些小诗，不过现在已经很难找到它们的身影。

我写诗大约始于1974年，因为1974年中国出了个小靳庄。这个小村庄以诗歌闻名。在20世纪六七十年代，写诗简直就是一种时髦。诌不了几句诗，似乎就不是文化人。

　　我肯定不在文化人之列。我只读了个小学。以现在的眼光来看，一个人如果只读了小学就等于文盲。问题是我想有所出息。事实证明，一个人如果想有所出息，完全可以缩短文盲与文化人之间的距离。

　　在决定写诗之前，我还有过一些其他想法，比如，能不能加入共青团，当个什么委员？然后当班长，当车间主任？我有这样的想法甚至这样的企图并不为过。在分工种的时候领导就讲："今天你们都站在同一起跑线上，但是，三五年以后，你们这些人当中就会有人入党，有人会被提拔，当车间主任，当厂长，甚至调到县里当干部。"

　　我没有去县里当干部的奢望，可我也不能永远烧锅炉。一天有24小时，烧锅炉8小时，只占一天的三分之一，睡觉用去三分之一，还有三分之一时间可以用来干别的。

　　在那个没有电视、网吧、歌厅、舞厅的年代，写作是一件成本最低的事情。

　　1974年我决定写诗，除了中国出了个小靳庄外，还有一个重要原因，那就是宜昌诗人辈出。当时的宜昌在全国叫得响名字的诗人就有习久兰、黄声笑、刘不朽。而且，习久兰是农民，黄声笑是工人。

　　从1974年至1976年，我的业余生活基本以写诗为主。

　　1976年对于我而言是非常重要的一年。这年初春，我应邀参加了宜昌地区群艺馆在远安召开的一次笔会。在那次笔会上我认识了大名鼎鼎的诗人刘不朽。刘不朽对我非常照顾，不仅指导我修改诗作，还亲自挑选了一组诗寄给了赫赫有名的《诗刊》。

远安笔会使我对诗歌创作焕发出了巨大热情，工作期间我一直笔耕辍。

之后，厂里安排我参加了宜昌地区举办的锅炉培训班。整个枝江两个名额，化肥厂就一个。

从1977年到1978年，我以锅炉专家的身份出现在枝江县城。住县招待所，吃招待餐，手持教鞭站在来自全县的锅炉工面前讲锅炉构造，讲燃烧原理，讲操作规程，讲安全知识，俨然从教多年的资深教授。

两年的锅炉培训班不仅让我领略了县城的昌盛繁华，也使我有机会再一次走近了文学。

县文化馆我早已熟悉得犹如自己家门。在县城的日子里，有空我就去文化馆走走。文化馆文艺辅导干部叫刘行化，个头不高，清瘦，武汉大学历史系毕业，自己著述不多，仅有一部民间故事集《人长人短》面世，但以他对文学的见解，在那个时代，无疑是佼佼者。

文化馆有一份名叫"枝江文艺"的小刊，我最早的诗作就频频刊载于此。刘行化是这份小刊物的编辑。

出乎刘行化意料之外的是，"有一定写作基础"的我居然放弃文学做起了锅炉教员。

面对这个讲起文学来就滔滔不绝甚至激动不已的县文化馆文艺辅导干部，这个跟我一见如故、被我尊崇得五体投地的文学导师，我沉默了。

"写，继续写。为什么不写？不仅要写还要好好写，写出精品，写出优秀作品。"他郑重地向我发出了归队的号令。

人有时候就是这样，在某个时刻，只要外力轻轻一推或者一拉，就会产生截然不同的结果。

刘行化寥寥数语，使得彷徨中的我再一次将笔尖探进了文学之门。

不过，此门非彼门。

重新拾笔的我决定写小说。

刘行化的一席话虽然使我再次走进了文学，但此时的我已不是过去的我。

20世纪80年代初期，随着十一届三中全会的召开，和冤假错案的平反，以及对"真理标准"的讨论，我也渐渐走出了稚嫩。

读者开始记住我的作品是短篇小说《写在雪地上的悼词》，这是我小说创作的第一个高地。有人以为《写在雪地上的悼词》是我的第一篇小说，其实不然。早在写作《写在雪地上的悼词》之前我就已经写过一些小说了，只是这些早期作品仍然带着概念的影子，很少为外人所知。

《写在雪地上的悼词》的情节是这样的：一个叫欧阳瑞雪的年轻水泵工，在面临全厂停产的关键时刻，为了清除吸入水泵的杂草献出了生命。"我"去采访他，通过采访"我"逐渐了解到，欧阳瑞雪生前是个要求进步的青年，但是，他要求进步的所有表现始终遭到车间领导的质疑。

有这样几个情节，一个是拖煤渣垫路。我详尽地叙述了欧阳瑞雪拖煤渣时的心路历程，从萌发念头到怕人讥笑到鼓起勇气。欧阳瑞雪用煤渣将一条泥浆路填得平平展展，韩主任主张表扬，却被车间耿书记否定。耿书记认为，事情不会这么简单，这个叫欧阳瑞雪的年轻人说不定有他自己的小算盘。

第二个情节是捡手表。

欧阳瑞雪捡了一只手表，交给了车间，原本属于拾金不昧的好事，却仍然被耿书记质疑其动机。

第三个情节是递交入党申请书。

按照耿书记的思维逻辑，欧阳瑞雪的种种表现是不愿意干水泵工了，因为水泵工远离厂区，地方偏僻，所以欧阳瑞雪先是拖煤渣垫路，接着买手表上交，然后申请入党。耿书记断定欧阳瑞雪是伪装的，伪装积极，伪装善良，伪装进步。

小说不仅塑造了一个积极向上的年轻工人形象，同时也对极"左"年代造成的人与人之间的猜疑、隔膜和敌意进行了揭露和批判。

这种人与人之间的猜疑、隔膜和敌意，实际上就是对人的灵魂一次糟糕透顶的扭曲。

小说最后写道，死后的欧阳瑞雪终于满足了生前的愿望，被授予了"模范青年"称号，被追认为中共党员。可是，车间主任老韩说："人都死了，又有什么意义呢？"

作者继续写道：

"在你们车间，像欧阳瑞雪一样的青年，还有吗？""我"问老韩。

老韩愣住了："你……你说什么？"

"我是说，如果你们车间还有类似欧阳瑞雪一样平凡而又伟大的青年，给我介绍一个。当然，是要活着的。"

"这个……这个……"

"我"望着这个茫然无知的车间主任，心尖忽然打个哆嗦。

《长江文艺》以最快的速度发表，《小说选刊》又以最快的速度转载，来自全国各地的信件像雪花一样飞向那座躺在姚家港臂弯里的工厂。

是年年底，《写在雪地上的悼词》被选进湖北省小说年鉴，并获得了长江文艺佳作奖。

而在北京，传来一个更好的消息，《写在雪地上的悼词》入围了一年一度的全国优秀短篇小说奖。尽管在最后投票表决时以三票之差名落孙山，但我的命运之舟已经悄悄改变了航程。

1984 年的春天似乎比哪一年都来得早。当翠绿的新叶缀满厂区里的杨柳时，车间主任传达厂部通知：从即日起，我不用再上班了，去县创作组报到。

那一刻，我感觉胸膛一下子空了。车间主任又说了许多祝福的话，我一句也没有听清。我就那么痴痴地伫立着，直到车间主任离开。

回家途中我想："你不是眼巴巴地盼着要离开工厂吗？怎么到临走时你又如此依恋了呢？难道你不想离开这儿？想在这里当一辈子工人？"

很快，我否定了。我想走，必须走。只不过，我的走和我的依恋一样强烈。是的，是依恋。依恋这儿的山，这儿的水，这儿的人，这儿的空气。因为，这儿有我的青春、初恋、苦痛、汗水、彷徨、伤悲……正因为我在这儿留下的东西太多太多，所以我揪心撕肺。

我是第三天走的，走的那天我专门在厂招待所办了一桌酒席。我，一个普通工人，临走前化肥厂不可能为我饯行，但我得主动向伴随自己一路成长的化肥厂辞别。

我说，我要感谢这座厂，是这座厂把我从一个种地的农民变成了工人。我说，我也感谢你们，是你们让我一个司炉写出了文学作品……

有人说酒席上的话全都是客套话，当不得真，但我不是，至少我在那次辞行酒宴上不是，我说的是肺腑之言。是的，我分得了最差的工种，我的工作环境恶劣得无以复加，我的职业一直被人轻贱。一句话，我身处化肥厂的最底层最底层，但是我仍然要感谢。人说苦难是人生的导师，对于文学亦是。没有苦难也就没有我和我的文字。

也许是我的感谢过于真诚，当酒席结束我去结账时，服务台告诉我，账已经结过了。

那一刻，我泪水盈眶。

蒋杏，中国作协会员，著有中短篇小说集《白风筝》《九月阳光》，长篇小说《走进夏天》《死亡叙事》《南宋王朝》等。

秘密通道

陈　刚

　　那个叫大龙坪的乡村，群山环抱，风貌奇绝不说，还有谜一般的四条溪流。一条叫刘家湾，从文家荒的山脊上屠夫剖膘似的滑落下来；一条叫台子湾，从漆树坳叠绕而下；一条叫黄莲溪，从张家池蜿蜒流淌；还有一条从七里口奔突而下的车沟湾。经常有外地人为四条无序的小溪感到惋惜，说大龙坪应该有一条河的。当地的老人只是笑笑，踮踮脚，说河在地下呢，叫天河。这种说法很迷人，但那条天河若在地底，又宛在空中，完全不可指望。外乡人带着狡黠的微笑，用普通话也堵不住来自远方的外地口音问："那天河的水又流到哪里去了呢？"这个问题复杂了。老人的脸热得直冒汗，也答不上来，只好闪烁其词，并用天机不可道破的神秘语气说："流到很远很远的地方去了……"

　　据我所知，在父辈以前，很少有人离开过大龙坪方圆百里的范围。这一百里地，一条狗花一天的时间就能走完，而许多人却用了一辈子，可见他们对"很远很远"的空间感有多么局限。多少年的阳光和月光，在那里照耀着他们，也束缚着他们。面善而宽厚的乡邻，满山的红杜鹃，浅灰色的玉米花儿，翘檐立壁的吊脚楼和带着柴火味的饭香，婚丧嫁娶的唢呐和锣鼓，在这里构成了一个完整的人世间。许多乡亲们，就像那几条小溪一样，都不曾有机会经历江河湖海，便草草地走完了简约的人生。

大龙坪的一切以一种艺术的形象，自然而然地成为我的一部分。时至今日，在我许多的梦中，无论时空如何变换，背景常常也只是它的某个画面的局部。我记着老家周围目之所及的每座山梁的起伏，从云岭包到鬼塔坡……闭了眼随意画一条曲线，画出的很可能便是某个山脊的起伏。故乡对于我，如同人生的坐标，不论顺着哪个方向起伏，都是我生命中的第一条曲线。

小时候，以为能吃一顿米饭就很幸福了。大龙坪没有河流，不产稻米，只种苞谷和洋芋。早晨吃苞谷，晚上啃洋芋，都吃粗粮。一顿挨一顿地吃就很胀气，肚子硬得像石块。米太金贵。家里来了贵客，母亲才到米坛里捧一把米，用瓦罐煨了待客。那还不叫米饭，也不叫粥，叫"粘粘儿"。我和弟吧嗒着嘴唇蹲坐在门槛上，等着收拾客人吃剩下的粘粘儿。我们伸出的暗红色舌头，像一团火苗在碗壁上搅动。后来读到"禁不住唾液的潜溢"这段文字时，满嘴都是稀粥味。母亲觉得我们有些丢人现眼，就叹一口气，说等你们长大了到枝柘坪当插门女婿去吧。枝柘坪有河有稻田，在那里就可以顿顿吃大米了。弟弟兴奋得都有点难为情了。我用大人的表情告诉他："枝柘坪离大龙坪有三十多里地，要经过三杯河、渔峡口，好遥远。"我为不经意间能使用"遥远"这个词而沾沾自喜。因为有了三十多里地的约束，远方在我们心里有了既抽象又具体的意象：像盛产大米的枝柘坪一样远。

童年的日子很整齐地就划过去了。在我的感觉里，一个人从童年到懵懂少年之间的岁月才是人生中最幸福的时光。一个人在这段静静展开的光阴里，就像一株幼苗渐渐地长成了一棵抽枝吐芽的小树。成长不是一件容易的事情，里面潜滋暗长了许多别人无法得知的秘密。而我们兄弟俩的秘密就是将来能离开故乡，到一个可以顿顿吃上大米的地方。这种想法不可名状，却像一条涓涓细流，在我们的生命里流淌了许多年。大米和远方塑造了我们幼年时代的精神谱系。

小时候除了渴望大米，再就是远方了。童年的我时常面对着延绵不尽的大山想象山外的样子，经常骑坐在老屋旁边的那棵粗矮的核桃树上，远远地看着云岭包上飘浮的白云。这几乎成了我童年时期，在想象中向天空谋划远方的唯一姿势。有时太阳光柱从云缝里穿出来，云朵就像披了一件金镂衣裳，炫目得惊人，简直惊魂摄魄。我又情不自禁地想到远方，止不住怦怦心跳。想象只是天空中的一朵云彩，也许什么都不是，飘来又飘去，都在时空的触角之外。

直到我小学快毕业的时候，大龙坪才通了汽车。这个钢铁怪物在飞速行驶时能让风产生巨大的声响。有个人穿着中山装站在车厢里，探出半个脑袋，眯眼看着前方，他的头发在风中胡乱翻飞。那个人是我的父亲，一个乡村中学老师，他要到县城里去开会。这个经典的动作都寓动于静了，特别抒情。它代表了一个具有幻想气质的人准备奔向远方。

12 岁的我被这个动作深深地感染了，远方的世界似乎不再神秘，或者说远方正在我的面前慢慢地打开一个缺口。我是一个乡村知识分子的后代，我对一个陌生世界的好奇，在我的父亲那里就播下了种子。这是我的父亲带给我的优势，父亲对一个人的影响就是这么大。尽管在以后漫长的岁月里，我所做的一切就是要摆脱和逃离父亲的怀抱。我追着那辆汽车跑了很远，直到一块石头绊倒了我。我跌坐在地，抱着碰伤的脚直抽冷气。疼痛无法缓解一个少年对远方的饥饿感，反而把他心中的饥饿养得更肥更壮了。公路被太阳晒得又白又亮，表层冒着妖娆的热气，影影绰绰，也是一幅通往远方的画面。

父亲从县城里给我们带回来几双凉鞋，说在百货大楼里买的。百货大楼是一座八层的楼房啊，他站在楼顶朝下看，呵呵，下面的人群像蚂蚁。我们的心都顺着他的话在走，母亲听得一惊一乍，生怕父亲会从楼顶掉下来。我当时的心情既高兴又失落。我什么时候才能到县百货大楼去感受一下呢？我做了一个仰望的动作，在心里面默默地比画着大楼的高度。好比纸上凭空开牡丹，一切都在想象中。远方，县城，高楼，在我心中构成了一幅隐秘地图。父亲抚摸着我的小脑袋说："读书不用功，哪儿也去不了，只能在家里挑大粪。"他的目光还像无声手枪一样对着我，我被他的话语和表情镇住了。万丈豪情被一担大粪淋没了。短暂的快乐瞬间消失，我伤感地拿出课本，把对远方的幻想变成另一桩具体的行动：思考怎么样把复杂的方程式解答得又快又准，怎么样把老师布置的作文写到500字……古人说：学而优则仕。我的理想只是希望学而优不去挑大粪度日，成为一个可以随时到县百货大楼去逛逛的人。但我的童年时代在那个暑假悄悄地结束了。

离开故乡后，我到外地念书，成了最后一届包分配的大中专生。学校的风气很不好，打架斗殴、寻衅滋事成了校园文化的主题。我却常捧几册书以"倒退"的姿势存在于这个慌张而焦虑的群体中。蓬勃青春掩饰了对野蛮冲动的恐惧。很多同学热衷于在这段明净又有些梦幻的年岁卖弄乖张，赤手空拳地背着青春的包袱唐突无序，偏偏又混沌得没有远见，莽撞得没有近忧，打架不见红都不刺激，喝酒不醉翻也不算过瘾。很多同学就这样被叛逆悬置起来，放任自流。直到青春成为往事，我都不知道在这些年月里沾染了哪些陋习，我努力抹去与这所学校有关的一切痕迹，但其实并不需要有意的背叛和遗忘，这一切随着环境的改变像声音一样消失了。我有时甚至怀疑那段梦魇般的生活是否真的有过。几年光阴的丢失，这是比失恋更深刻、更可怕的悲伤与心痛。我的青春成了一片模糊的空白。

匆匆毕业后，参加了工作。我不仅可以顿顿吃大米饭，还可以吃肉。假若有心情，可以随时到比县城百货大楼阔绰好几倍的国贸或者商场里去瞎逛，即使逛上一天也不会觉得累。我以为我很快乐了。从2路公共汽车转到103路，我看到马路四周闪动的都是匆忙的人群。人生中有多少趟错过的公共汽车，就会在生命里呈现多少次慌张。感觉城里也不过是乡下人心中的远方，这里的人虚假而忙碌地经营另一种人生。儿时渴望远方的那些简约快乐，如同水面掠过的一丝风，转瞬即逝，眨眼之间连最初的漪涟都已经很难寻见了。快乐慢慢地淡出了我的生活后，我给父亲写信说：我现在好像成了一个生活在别处的人。我没有说"行尸走肉"这句话，我说不出口，我怕这样会对他构成伤害。

我的父亲，那个在乡村中学的课堂里奋斗了半辈子才由民办老师转正的人开始心急如焚了，他试图给儿子进行一堂人生大课的补习。他认为这是比辅导学生参加任何一场考试都更加重要的一堂课。他用的是忆苦思甜法。他说："你现在的生活水平要是放在过去呀……那得看什么时期。若与1949年前进行对比，那已经超过地主了。毛主席一个礼拜才吃两顿红烧肉，你现在顿顿吃肉，还想咋的?"这些话里，既流露有不满，又暗含着某种威慑训导：你现在生活在了历史上最富裕的时期，要懂得知足。然而，人生匆忙，所有经过的码头都不可能回头再走。

父亲试图以他有限的经验对我进行某种拯救，但没有对我产生丝毫影响。相反，让我感慨的是，物质生活的享有已经成了父辈们对幸福最看重的隐喻或修辞格。他们对幸福的感觉质朴而原始，所以他们总能轻而易举地寻找到幸福。一位诗人说过：假若我们祖先的脑袋被陨石砸了一下，我们的脑袋也要眩晕许多年！乡下祖先们对于物质的过分偏袒影响了我的父亲，我以为他的固执里几乎带着一股邪气。这是他长期在农村里和乡亲们生活在一起的缘故。大块吃肉，大碗喝酒，在他眼里依然能代表一个阶级对于幸福的全部内涵。我不可能接受他那些纯朴的理念，一个乡村教师单纯而愚顽的幸福观念。我们之间最大的问题就是我们缺乏有效的联系通道——亲情和语言不是障碍，问题的关键是我们的思想不在同一个维度里。我们可以在一起亲热地喝酒、聊天，但我们没法把对幸福的感觉当成另一道佐酒的菜肴。我想这是没有办法的事情。

　　时间和阅历改变思想，我开始毫无方向感地寻找出路。我曾在上班的业余时间从事倒卖的行当，把一种叫作"磷铁"的矿渣从厂里贩出去，我还给二手车联系买主获取酬金，运气似乎不错。我像一棵乡间的野草，享受着运气的阳光雨露。我的胃里早已不再只是大米，而是撑满了高蛋白、高胆固醇和高脂肪的食物了，但我并没有因此而得到喜悦。我用业余时间贩卖磷铁的收入，较早地在生活区装了电话，安了空调，购了手机，还在城区买了房。但我并不快活，仿佛自陷囹圄。我知道这很难成为我一生的目标。"目标"是个很大的词，于我却空洞、乏力。我突然想到这个词时，感觉到既好笑又心惊。在世俗的意义上，我的物质渐丰和精神空虚交织成了一桩人生负担，目标更加虚无缥缈。我对未来的恐慌，就像一个拳手，面对无物之阵，只能与空茫搏斗。于是，书桌上的一盏台灯像眼睛一样望着我为所谓的目标在黑暗中打拼。如果能长久保持这种人生奋进的姿态，我会很欣慰。我想起了乡村农夫的耕种，并在心中默默地期待着自己的秋天。

　　儿时对大米的渴望也许只是追求物质生活的一种意象，而远方则成了未来精神生活的意象。只有大米，没有远方，就会像生活在囚笼里一样。对，囚笼，我十分满意用这个词来比喻。老子告诉我们，一个人的精神需求是从吃饱穿暖以后才开始的。苔花如米小，也学牡丹开。只要不在孤独中绝望，人总会在逼仄处找到逃生的路径。我慢慢找到了克服孤独困境的办法，并尝试在纸上构建诗意的远方，还有月光下的乡愁。在写作中确认故乡，让我的内心也由慌张转为笃定。那些摊开的书本就像一张张床，宽大而温暖，可以体贴地承载起我的梦想。

有时我也想，不经历些世事，纯洁而麻木地做一个过客，田夫野老也罢，市井摊贩也行。二两苞谷酒下肚去，有兴趣还可吼几句流行歌曲。日出日落，凭一把蛮力讨口食吃又不遭人欺侮，未尝不是令人自慰的一辈子。恰恰心智被开启，又兼喜读些断简残章。我这个乡村知识分子的后代，居然慢慢生出了牵记故乡的情怀。离开故乡十年后，我重新找到了自我拯救的方式，那就是以致幻般的快感，用文字向故乡投射诗意。那时电脑还没有被普及，我用钢笔在稿纸上写，稿笺上印着"宜昌日报稿纸"，行与列都是20，写满一张纸就是400字。我在格子田里觅得了一方安宁。

三十岁那年，《三峡晚报》给我在副刊版面开办了个人专栏，文章大多是描写家乡的风情景物。故乡被我在心里供养起来，仿佛拿起笔，村庄的一切尽现眼前。这是离开故乡后的一次深情回望，在回望中，故乡的事物被再次发现，经历过的桩桩往事再次出现在眼前，或者在对童年记忆进行耐心的擦拭后，让回忆也透出故乡的光泽。刘亮程在小说《捎话》里说："在人和万物共存的声音世界里，风声，驴叫，人语，炊烟，鸡鸣狗吠，都向远方传递着话语。"我的创作成了相反的形式，就像远方的游子在给故乡捎话。这是我人生中一段最惬意的时光。

离开故乡后，很长一段时间，我又宿命般地回到了农村。上班的化工厂介于城郊与农村之间，尽管这个位置早已被定义为新城区，但这片弹丸之地的新城区在市民们的潜意识里依然是农村。城郊和城市的差别不仅在于称谓，还包括文化、意识等的隔阂。谁都能从一个人的谈吐中判断出他来自农村还是城市，人们的意识和行为并不会随市民身份的转变而改变。我注册的 QQ 号，昵称就叫"城市农民"，一直沿用到现在。这称谓，有点儿像那个时代横断面上的一个烙印。

我曾花费精力发掘城郊农民的人文美，用乡间的天空和土地酝酿并虚构有关善良的故事。但居所附近的农民，或者说新市民们贪婪、野蛮的形象，彻底破坏了我表达的意趣。那种古典乡村的纯洁和善良，在这里像个良家女子沦落了一样，我看到的更多是人性的阴暗与伪饰。这是时代的症候。我骨子里多了份对这片乡村的疼爱与怜惜，或许城郊的乡村连同人，都在与城市化进程的碰撞中变形了。诗意乡村带来的幻灭感，比死亡的抵达更为沉重。我只好把目光重新拉回故乡，并尝试创作小说。这些作品可能就是我早年乡村生活的分泌物。中篇小说《麻烦你给我说清楚》在《延河》头条刊发时，我开始意识到另一种叙述乡村的美妙方式。另一部中篇小说《没有声音的叫喊》被《芳草》刊用后，我明白了现实生活的残酷与诗意乡村的孱弱。我开始关注社会人生的失控现场。

记得刚到厂里报到时，我曾经幼稚地把城郊当作城市的范本，仅凭厂里的办公楼就比故乡最豪华的乡镇机关要漂亮得多、大得多的印象。这与人年幼的经历没有多少存储做参照有关，世界被无形中放大了。好比小时候以为自己借以存身的村庄多么博大，诞生了那么多人，发生了那么多故事，却原来不过一籍籍无名的小山洼。十几年后，我开始创作长篇小说《卧槽马》，那种感觉是曾经生活过的村庄在奔突的文字里又慢慢复活了。这种剪影式的抒写使小说更像一部精神虚构的村庄变迁史，而不像现实主义的工业题材小说。创作之初，那些人物、事件都是破碎的，慢慢才被细节连贯起来，并符合了逻辑的推演，最后才让村庄与工业化、城市变迁等建立起了丰富而深厚的联系，慢慢有了时代镜像的意味。只有背景起初就是清晰的，那些都是我所熟悉的城郊的乡村景象。好像我只是在把一个朦胧的远影，突然变成了清晰的近景……这是我第一次把他乡当成自己的文学故乡，作为阐释世相的一个支点。那种感觉既陌生又熟悉，既疏离又亲密。

早年的乡村生活隐匿在了我的骨骼和血液中，无论我在叛逆之路上行多远，总要受到它的辐射与投影。直到如今，我仍然喜欢搞些莫名的恶作剧，我知道这会使人生厌，但我有时很难控制住这种冲动。乡村生活的惯性加持了我涉世之初的步态，如我喜欢乡村的羊肠小道，只愿散漫地牵赶一群更散漫的牛羊行走。我没有遵循先人的智慧，不懂中庸之道，也无开阔境界，时常起冲冠之怒，桀骜不驯的样子无意间伤人伤己。在我成为父亲后，突然有了自新的勇气和觉悟。一念动则万波随。我开始加强自控能力，并用世俗的眼光重新衡量自己的言行，向庄重的内在秩序靠近，在嬗变中融入这个呼啸而来的时代。

从此，我变成了一条跌跌撞撞的河流，吞掉了暴戾的牙齿，用另外的方式练习啃石头，在学习与坚硬的事物打交道中，有了随形顺势的玲珑。这场勇敢的自我革新充满了人性的力量，它唤起了我作为一个父亲的责任。有趣味的是，工作中我也越来越像个父亲似的"领导"了，还有了遇事率先表态的意识和敢于担当的品质。从一开始带领几十人的小团队，到慢慢成长为要为几千名员工服务的区域总裁。职场上的责任感、虚荣感，让我不得不以更加敬业的姿态去诚恳地接受命运所给予的这份恩典与重量。我的人生道路仿佛被突然泄出的一团阳光照亮了，但心里另一盏文学的灯却在悄悄熄灭。此后辍笔十年。

2010 年，我调到离家千里之外的河南工作。多次辗转，从郑州，又到漯河，很大一部分时间还要往返于焦作、洛阳、三门峡，那些地方分散着集团下属的几家化工企业。我对每家企业所在地周围的草木、街道、河流、楼宇、店铺都有过观察。当然，我的主要精力用于协调这几家企业的政商关系。在这段岁月里，我接触到各行各业的人，市里、县里的领导，厅里、局里的领导，经销商、供应商，更多的是工人……我的日常生活就是和他们一起度过的，我熟悉他们的生活境遇、喜怒哀乐、悲欢离合，甚至分享过他们人生里最隐秘的甜蜜和疼痛。

最害怕的是企业出现安全、环保类事故，我要在第一时间赶到现场，指导、善后，参与各种请托。微笑，细语。愤怒，粗口。忐忑，嗫嚅。有时情绪需要经过发酵，好比酿酒；有时情绪就像火药桶，随时会爆。我一会儿在大唐，一会儿在西天，仿佛连情绪也都在取经的路上。这些消耗掉的日常情绪，可能比许多人一生积累的情绪还要丰富。还有很多时间都消融在高速公路上了，汽车像个容器，也存放着我的情绪，还有音乐。我喜欢闭着眼睛听音乐，连和司机都很少说话，我的胸中似乎装满了万千寂静。只有看着杯中旋转的茶叶，我才仿佛看到了困在时间里的自己。各种迎来送往的接

待，各种可有可无的宴席，各种开会和被开会……还有围绕那些油
腻、朽坏的社交场景时所不可呈现的踟蹰与不堪，都在消耗着我贫
穷的时光。将近十年的时间里，我很少认真地读过一本书、写过一
篇好文章。许多时候甚至都来不及慌张，岁月就这样匆匆而过。内
心藏着的那些鸟鸣、月光、春天般的诗意，还有储存在电脑里的那
些未完成的半截子文章，逐渐被时间悬置而疏离，变成了一场时断
时续的旧梦。

近几年，随着集团战略调整，我又开始参与几家企业的资产转
让、停产清算、人员安置和社会债务处理。每当踏进那些破败的、
停产多时的车间厂房，那种人去楼空后的辽阔与空旷，便会使我猛
然间产生出巨大的无助感和孤独感。车间里通明的灯火早就
灭了……唯有记忆，永远不灭。

记忆犹如琥珀透亮，能看到里面凝固着的那些永恒的瞬间。在
这些企业里，我白天能看见蒸腾的雾气，顺着烟囱与天空低垂的白
云连在了一起。到了夜晚，又可以体验电焊弧光照射夜空，与满天
繁星遥相呼应的宇宙感。而这一切都曾经那么平常又那么特别，那
么世俗又那么雅致。我还曾在这狭小的操作间里和工人们有过温情
的对话，关心过他们的家庭情况，也品尝过他们从家里带来的点心、
水果。眼里尽是瞬间堆叠的往日画面。但现在，都有了恍若隔世的
吊诡感。

这些企业主体的消亡，其实也是另一种生命形式的解体，令我
痛彻心扉。就像一棵树，无论枝繁叶茂，还是枯枝虬干，都只是那
棵树在不同环境里的生命形态。但很少有人相信，这冬天的树和春

天的树，其实是同一棵树。那天傍晚，我伫立在大江公司门口，对着一棵落叶的梧桐凝神，其实是在对"另一棵树"怀念与默哀。我长久地沉湎于那些叶子被风吹拂的黄昏里。到了夜晚，我才敢将松散的记忆用文字排列分行，去安抚那个焦躁不安的灵魂。第二天早晨，我还是能感受到那种人性与命运撕扯的疼痛，孤独与喧嚣对撞的不安。

回想前年，泰丰公司关停的时候，我最后一次以董事长的身份在大会议室给员工们召开会议，有人提议大家一起合唱《团结就是力量》。明晃晃的灯光下，恍然都是经历过的场景和听到过的声音。但每个人的目光都是潮湿的，仿佛连暗哑的掌声也都受了潮。还有那些对安置不满的员工，用愤怒的言语和沉默的目光向我索要答案。我感觉他们的目光像铁钉一样在瞄准我。一个生存了四十二年的化工企业就此匆匆关闭，结局充满了百感交集的况味。我又想起故乡许多人的离世，有的甚至连县城都没有去过。他们走得那么悄无声息。谁知道他们心中的远方会是什么样子？泰丰公司建厂之初，何曾不是怀着百年企业的梦想？怎奈生如夏花。玫瑰枯萎，芳香不在。

2018 年，中文在线集团内容顾问于静，在离世前写下一段话："游历人间四十二载，我任性过也努力过，欢乐比痛苦多，收获比遗憾多……"她最后说："不必怀念我，尽兴去生活，再见。"谁都明白，有时候说再见，其实就是再也不见。比如生命，比如爱情……比如这几年经我手陆续关停、转让的泰丰、大江、种业等公司，还有那些曾经朝夕相处的员工们，他们早已四散到社会的各个角落。读到于静这段遗言的时候，我突然就被某种无法抑制的悲伤，穿透了空茫的内心。

　　我喜欢的小说家卡夫卡，他在致密伦娜的一封信中有一段精彩的表达："我们以为一直在往前奔跑，越跑越兴奋，直到光线明亮的瞬间才发现，我们并没有跑，还是在原来的迷宫里乱转，只是比平时跑得更激动、更迷乱而已。"他在写这段话的时候，也许在故乡，也许在远方。但谁能理解他曾经受过的心灵风暴？

　　多少年来，只有风一直在相隔数千里的故乡和他乡的上空激荡，吹散了月光，也吹散了我这个异乡人清瘦的乡愁，掀起来的都是一片片稀薄的人生。在客居他乡的这十年，我经历了那么多的人和事，感觉已不再迷恋远方，只是更加思念故乡。月光和故乡哪个远？举头见明月，却不见故乡。我多想把远方的远，归还故乡。远方有多远？大约就是历经千山万水也抵达不了内心的地方。或许这样的地方，是他乡，也是故乡。虽然每个漂泊在外的人，也会把曾经驻足过的他乡当作故乡。但一个人一辈子其实都很难真正走出故乡的领域，再辽阔的版图也是以故乡为中心辐射开去的。就连路遥笔下的高加林，最终也是跪在故乡的土地上痛哭："这人生哪……"

陈刚，中国作家协会会员，中国化工作家协会副主席，湖北省作家协会签约作家。长篇小说《卧槽马》获第十届湖北屈原文艺奖。2016 年 11 月参加第九次全国作家代表大会。

窖藏的馈赠

张　同

一

　　1986年春节，见到表妹玉乔，她问我想不想出去找点事做。我那时正有出去打工的想法。经玉乔介绍，我到枝江顾家店鞭炮厂当了一名插引工。当时那个厂有一百多人，分了好几个车间，我们所在的插引车间，清一色的女工。说是车间，其实不过一个手工作坊而已。每天上班后，找车间主任领取鞭饼和切好的引线，坐在自己的位置上，把引线一根根插在鞭饼上的小洞里，很细致的手工活。动作麻利的，一天可插三十来个，可挣三十多元，在那个时候，已经是不错的收入了。我们的下一道工序，是定引，即对插好的鞭饼进行巩固定型。再下一道工序是编鞭，就是把定了型的一颗颗鞭炮用一根长引线编成成品。这三道工序都很简单，只要手巧、坐得住，一个月还是能挣个千把块。但每个月工资发下来没有过千元的，因为中途要放几天假，没有满勤。车间里大多是顾家店本地人，除了我和玉乔是百里洲的，还有一个叫刘琼的是巴东人。刘琼的姐姐嫁到顾家店后,她就随姐姐一起来了,就近找了这份工作。我们所在的车间,是一个快乐的集体,大家手里干着活儿,嘴巴一刻也不停下来,有时是讲故事,有时是唱歌,有时是播报地方新闻。有一天一个同事的父亲来了,另一个同事看见了,大喊:"艳子,你的嘎公来了,快出去呀!""嘎公"是枝江方言中"外公"的称呼。同事们顿时笑成一团。厂里有几间职工宿舍,家在本地的职工经常回家,而且每次回家都带来好吃的:腊肉馅的糯米团子,炒得脆嘣嘣的苕米子,还有地道的下饭菜豆腐乳,更有同事直接带了用罐头瓶装的猪油。在食堂里打了热饭回来,拌着猪油饭,再挑上一块豆腐乳,感觉胃口大开,食欲倍增。那时候,大家好像没有减肥的概念,一日三餐概不控制,不吃饱不放碗。有一天晚上,玉乔躺在床上翻来覆去睡不着,我问她怎么了。她说:"我妈要我给二舅写封回信呢,我不知道怎么写。"我问:"需要我帮忙吗?"玉乔说:"我怪不好意思的,想请你帮忙又说不出口。"于是,我找出纸和笔,借着暗淡的灯光,帮玉乔完成了一封写给她二舅的信。她二舅在中国台湾,一个月后,她收到二舅的来信了,信中称赞玉乔的文笔好,是个当作家的料。玉乔笑着对我说:"我二舅火眼金睛,这信本来就是作家写的呀!"人生旅途中,会有许多因缘际会。帮玉乔写信是一件多么小的事情,没想到十八年后,我与玉乔的这位二舅在网上相遇,成为无话不谈的忘年交。

因为玉乔的介绍,同事们也大多知道了我发表过文章,对我很是亲近。巴东来的刘琼与我年龄相仿,下班之后她常约我到她姐姐家去玩,并说:"难得我们这么投缘,我们要做一辈子的好朋友呀!"

我说:"一定。"三个月之后,我母亲从收音机里听到某某鞭炮厂爆炸的消息,深感在鞭炮厂工作不安全,要我回家。时值农忙季节,我回家帮忙割麦子之后,便没有再去鞭炮厂。玉乔、刘琼和几个姐妹们盼我再去上班,还利用假期约了到我家里来帮忙割麦子,因为从顾家店到我家,骑自行车要花三个多小时,途中还要乘船过江。为了早一点到达,她们天不亮就出发了。在顾家店上班时,我是一个月回一次家,家里堆积了许多信件,其中有一封是武汉的日语教授赵春霖先生寄来的。他在四月底组织一批人员到日本工厂里做工,相当于劳务输出,如果我愿意去,让我速给他回信。按照赵老师说的时间,已经过去近一个月了,我知道失去了一次出门长见识的机会。这位日语教授,是我自学日语的函授老师,有过三面之缘。日语课程结束之后,我们还书信往来数年之久,直到他去世。刘琼等几个姐妹到了我家之后,对我的生活也有了更进一步的了解,她走的时候说:"在鞭炮厂里工作,对你来说是浪费时间。"我说:"在那里工作,认识了你们这群姐妹,是我最大的收获。"第二天吃过午饭后,送她们到刘巷码头。我们约好多联系。"多联系"这句话说起来简单,做起来难。"浮云一别后,流水十年间",那一群姐妹中,除了我的表妹玉乔,都无缘再见。多年后,我曾约玉乔去顾家店那里找一找刘琼,玉乔说,只听说刘琼在顾家店街上开餐馆,具体是哪一家不知道。我也曾去顾家店找过,没有叫刘琼的。在我离开鞭炮厂一个月后,玉乔也离开了。刘琼什么时候离开那家企业的?又找了一个什么样的人结婚?她的孩子是儿子还是姑娘?她现在是否已经当了奶奶?都不得而知。我们曾许诺,做一辈子的朋友。那短暂的一阵子留下的情谊，也足够人回忆一辈子。

二

1993 年初夏，我的爱人调到了百里洲新闸管理区。经百里洲泵站站长王泽华介绍，我到百里洲玻纤厂任出纳。这个玻纤厂是泵站的二级单位，生产玻璃纤维丝，用作隔热材料。那个年代，乡镇企业异军突起，我们生产的玻纤丝主要销往乡镇或村办瓦厂。玻纤厂规模不大，员工只有几十人。但那里环境优美，亭台俱全，又紧邻江堤，是个花园式工厂。厂长是搞技术出身的，据说闭上眼睛都能装机组。也不知道是什么原因，职工工资发不出。我这个出纳管着没钱的财务，也等于是个闲职。钱在哪里？产品销出去了，钱没收回来，钱在人家的账上。我从上班之日起，就开始了出门收账之旅。那一年，我儿子才两岁，因要出差，不得不将孩子托付给我妈。在近两年的时间里，先后跑了十几家企业收款，个中滋味，也只有自己才能体会。按常规，谁经办应由谁负责，销售人员把产品销出去，也应把货款要回来。企业没有严格的考核制度，平时只重技术，疏于管理，才导致这样的被动。

厂长告诉我，宜昌点军区的一个村还欠我们 6900 元，已经两年了，派人去要了几次，都毫无结果。我要厂长陪我去了一趟点军区，见了当时经办这件事的村主任，并核对了往来账目。村主任说，村书记出门考察去了，要一个星期才回，等书记回来，商量商量，想办法把钱还了。话说得好，态度也诚恳，厂长对村主任说，以后就由我来和他们对接，村主任说没问题。我们离开村子，在公路上等班车，一个戴着安全帽骑摩托车的人从我们身边擦肩而过。"狗儿的，村主任在说谎，他说村书记出门考察去了，这骑摩托车的就是他们村的书记。"厂长愤慨地说今天不回枝江了，挖天拱地也要把书记找到。每次来，不是说在开会就是在考察，哪有那么巧啊，分明是躲避，想赖账。可是我觉得就这么返回，会把村主任搞得很尴尬。既然人家刻意躲避，一定有难言之隐。厂长说："这笔款就交给你收回！"说话的那口气就像下死命令一样。一个星期后，我没有急于去点军区，而是给村支书写了一封信，并在信中约好半个月后到他们村时希望能见到他。那时没有移动电话，至少我没有。我又把孩子送到我母亲那里，独自一个人出门。从新闸坐三轮到刘巷码头，乘船到枝江县城，再坐到宜昌的班车，再乘公共汽车到点军区，一路转辗，到达点军区的那个村时，已经是下午两点。找到了村主任，村主任笑着对我说："书记说了，你这两天要来的，货款可能一次给不清，先安排 3000 元，再想办法付清。我们也是没办法，欠人家的账，感觉人都矮一截。"接着，村主任要隔壁的一个小年轻去给书记报告，说枝江玻纤厂来人了。不一会儿，村书记就来了，他骑的是那天我们看到的摩托车，头上戴的也是那顶红色安全帽。一米八的个头，很英俊壮实的一个汉子。见过面，握了手，书记说："我带你到银行去办吧。"那份熟悉与信任，仿佛我们不是刚见面的陌生人，而是很知心的老朋友。

坐在村书记的摩托车上，他说："你的信写得太好了。看到你写的信，像看到我自己的曾经，我也是一个文学爱好者，也有过当作家的梦想。当现实与梦想对立时，我选择了现实。但又不甘心。当了村书记之后，要做的事情太多了，村里办企业，由于项目没有考察好，有些人盲目地一哄而上，导致的结果不用我说你也能想到，不然也不会把你们的款拖得这么久。请给我们一些缓冲时间，余款我们想办法在年底之前付清。"我还说什么呢，我很想说，如果这笔款是我个人的，我就不要了，就冲他的这一番话，我也舍得这些款。可它是企业的，我们的职工还等着我收款回去发工资。在银行办完手续，村书记说一起吃个饭。可是我挂念还放在我妈那里的孩子，也想着等米下锅的玻纤厂，办完之后就匆匆握别村书记，返回百里洲了。村书记没有食言，这年年底，他还清了我们的尾款，等我们去拿这笔钱的时候，他还特意要村主任为我们准备了一大袋点军的橘子，说欠了这么久，深表歉意。这次没有见到他的人，他是真的出门考察了。村主任告诉我，这次还款，是书记贷的款来还的。我心中涌起莫名的感动。款收完了，记忆却定格在了飘满橘香的点军，那个讲诚信的村书记，我一直没有忘记。

在汉阳的一个村里收款时，遇到了一件非常棘手的事情。和点军那边一样，也是村办企业。对方的出纳是个女同志。我找到那个瓦厂的钟厂长，他说出纳这几天在闹情绪。原来，钟厂长的爱人怀疑出纳和她老公之间有不正当的关系，就在出纳的办公室大吵大闹。出纳一气之下，把账目卷回家，已经有四天了。钟厂长说："你来得正好，帮我劝劝小黎（出纳），她心肠窄，我怕她想不开。她始终不见我的面，我也拿她没办法。"接着，钟厂长告诉我出纳的家在什么地方，并骑摩托车带我到那附近，到了后，他却远远地避着，像做地下工作一样。我找到出纳小黎，她确实长得很好看，白皙的肌肤，清秀端庄的长相，怀中抱着一岁大的孩子。因为钟厂长夫人的吵闹，小黎的爱人也很生气，在家里也和小黎吵。就在我到来之前，他们刚吵过架，小黎的眼角都还有没揩干的泪水。我告诉小黎，是钟厂长送我来的，"他很担心你的，希望你是健康的、平安的、快乐的"。小黎看着我，一脸的无助。"你不知道我心里有多委屈。"小黎说着又伤心起来，怀里的孩子也跟着哭，我试着朝孩子拍了拍手，看他要不要我抱。那孩子竟然把身子扑向我，他要我抱。我接过孩子，从包里拿出一支笔给孩子玩，虽不是什么好玩的，却也是情急之下的一个情绪转移。那是我新买的一支钢笔，孩子好像很喜欢，止住了哭闹。孩子不哭了，小黎也不哭了，我的眼泪却出来了，抱着小黎的孩子的那一刻，我想念自己的儿子，已经有一个星期没抱抱他了。跟小黎聊了一会儿，小黎说："我是跟钟厂长赌气才不上班的，他没有把自己的老婆管教好。您一个人，这么远来一趟也不容易，我给您把款办了吧，只是需要公章，还得钟厂长签字。"我说，签字和盖公章的事我来办。3万多的现金，有50元一扎的，也有10元一扎的，钟厂长送我上车时，叮嘱我注意安全，车上也许就有高明的扒手。说得我胆战心惊。我把10元一扎的装在背着的包里，把50元一扎的装在棉袄的内袋里。我穿着二姐为我做的一件中长的大棉袄，特意缝了几个内袋，这次派上用场了。从汉阳到枝江，班车走的是老汉宜公路，7个多小时到达枝江县城，到达时已是晚上9点。我一分钟也不敢耽误，坐了个三轮车到轮渡码头，赶上了当天的最后一班船。到了刘巷码头，又坐了40多分钟的三轮车，终于到达我在新闸管理区的家。爱人心疼地说："出门的时候，天还没亮，回来的时候，夜深人静了。你这是何苦？在县城住一晚上，明早回来不行吗？再说，带这么多现金，晚上还跑这么远，也不安全。"我说："正是因为带了这些现金，在哪里住是安全的？只有回到家里，回到单位里把钱交了才是安全的。"

在来往的客户中，来自江陵李埠的胡春雅厂长是个有雅量的人。他也亲自到百里洲玻纤厂来考察过，问我可不可以把这个厂包下来。我问包下来是什么意思，他说："你来当厂长，我包下你所有的销售。"我说我不行，也不是那块料。"你行，而且也能做好。不过……"他说，"比起写文章来，办企业要辛苦得多，我希望我们长期合作，但我又不希望你那么辛苦。"自己有几斤几两，我心里很清楚。我对自己支撑一个企业确实没有信心，底气不足。我可以当好企业领导的一个助手，而不是一个企业的一把手，这就是自己的角色定位。时间到了 1995 年春天，我的孩子三岁了，要上幼儿园了，而新闸这个地方没有合适的幼儿园，我不得不离开玻纤厂，迁到刘巷镇上，进入一个新的企业——百里洲棉纺厂。

三

初到棉纺厂，厂长肖少平对我并不看好。他似乎还很烦，说"又来了个干部家属"。那时的百里洲棉纺厂在整个湖北省乡镇企业中还是比较有名气的。一来，纺织行业正处在高速发展的黄金期；二来，厂长肖少平是个懂行的企业家。企业红火了，许多人都想去那里上班，百里洲镇政府的几个干部家属都被安排在供应科的保管室。可能是保管室的人实在是太多了，肖厂长见又是干部家属，着实犯了难。其实我很想去车间当一名挡车工，我喜欢在顾家店鞭炮厂车间工作的那种劳动场面。就对肖厂长说，要他安排我去车间，不管哪个车间都行。肖厂长看了我一眼，有些吃惊。他突然想起了什么，问我："听说你会写东西，都写过些什么？"我淡淡一笑，说写过一些诗歌、散文和通讯报道，那是好玩的，不成气候。他似乎很认真地问我："写过检查没有？"我摇摇头。"帮我写份检查吧。"原来，在我进入棉纺厂的前一个星期，棉纺厂清花车间发生了一次小火灾，没有造成什么损失，但也属于火灾事故，企业法人要写书面检查，报镇委镇政府。可能是那份检查写得还算合格，肖厂长说："你就留在厂办公室。"

写检查是我进入棉纺厂后的第一份工作，紧接着，中高层管理人员评职称的材料也落在我们厂办公室头上。一连十多天，天天加班，停电了就点蜡烛，但并不感到累，反而感到很充实。我也为这么快就熟悉和了解百里洲棉纺厂而高兴。按照棉纺厂的薪酬制度，我这个新进的员工要拿三个月的试用工资。肖厂长要劳资科科长给我按一般科室人员工资标准发工资，也就是说，我没有试用期。三个月之后，棉纺厂成立了团委，肖厂长任命我为团委书记。除了工作上他希望我多担当一些，实际上是名正言顺地提高我的待遇。我内心很感激肖厂长，也更加努力地工作，时有新闻报道在电台和报刊上播出和发表。财务科科长朱道义是个喜爱读书看报的人，他从《宜昌日报》（现为《三峡日报》）副刊上看到我写的一篇小散文《表姐表妹》，拿了报纸专门到我的办公室问是不是我写的，我说"是的"。"真是个才女！"得到他老人家的肯定，是件不容易的事。

他在棉纺厂可谓德高望重，说话掷地有声。此后每有报上的"豆腐块"，只要是他老人家看见了，就笑着告诉我："佳作见报了。"他手下一批财务人员都被他调教得规规矩矩，大家都很服他，内部员工之间即使有天大的矛盾，只要他发句话，那矛盾就像风吹过一样，没影儿了。听说他经常看大部头的小说，我也经常请教他，他很乐意与我分享他的读书心得。几年之后，朱科长要退休了，我接他到我家吃饭，还特意喊了两个小同事陪他打花牌。那天打花牌到凌晨，小同事说："朱爷爷，明天还要上班呢，今天到此为止吧。"他才放下牌。我们都担心他熬不得夜，他却精神得很，临走，还找我借了书。他离开棉纺厂后，我们再也没有见过面。我也曾想去他居住的村庄看看他，终被诸多的杂事缠身而未成行。十八年后，我有机会路过他的村庄，便像一个寻亲的后人，有些迫切地想见他一面。找一个年长的村民问路，那个村民告诉我，朱科长于两年前去世了。我呆呆地站在原处，一时竟不知该向何方走。这么多年，许多同事都叫不出名字了，而朱科长这个书友一直在心里。朱科长在棉纺厂期间，企业兴旺发达。肖厂长后来因诸多原因调到镇工办，厂长也换了另外一个人。两年之后棉纺厂改制，我这个办公室主任的岗位也被减掉了，我成了下岗职工。

算算在棉纺厂工作的时间，也足有七年。如果不是因为改制，如果不是下岗，我也许永远走不出百里洲。那时的棉纺厂，职工没有社保，一个月到头，干巴巴数百元工资还精神十足，只不过是在家门口就业的农民工。也许正因为是农民工，在棉纺厂改制的时候，职工们似乎还很珍惜这份工作，唯恐减掉了自己。百里洲棉纺厂是靠百里洲人民集资兴办起来的乡镇企业，后来改为民营，再后来，关门大吉。在百里洲这座孤岛上存在了二十年的棉纺厂以一首凄婉的纺歌画上了句号。历史没有对与错，但总会时时提醒后人。在这个企业里得到的或失去的最终还是会归还给历史。

四

我永远不会忘记，2002 年 6 月 24 日，我工作过的百里洲棉纺厂宣布破产。破产后的百里洲棉纺厂由原法人代表等几个人合伙买下，甩掉了大量债务，成了民营企业。当原法人代表给我打电话说减掉了办公室主任这个岗位时，我很平静地回答说能够理解，可放下电话还是忍不住哭了。因为在这个地方工作了七年，许多的情感似乎一时难以割舍，就像长跑的人接到突然吹响的止步令。不久，以前的同事纷纷被通知上班。

那几天，我感到特别失落和迷茫，但我并不急于出去找工作，我想静下心来梳理一些事情，这些事情在我的笔下变成了中篇小说《清醒时的疼痛》和近三万字的《下岗日记》。《经理日报》的编辑李羚与我本不认识，但她在该报副刊上连载了《清醒时的疼痛》。待我把《下岗日记》用电子邮件发过去的时候，李羚给我回信："原想等第二天上班后再阅读你的文章，可是我等不到明天上班了，我先睹为快了。我不知道为什么这样关注你的文字，我说不清楚。"李羚编辑的回信，给了我精神上的莫大安慰。也许，正像人们说的那样，生活在这里为你关上一扇门，必会在那里为你打开一扇窗。如果说家是宁静的港湾，写作中的我，心境正好也是宁静的。《下岗日记》

后来在《宜昌日报》发了半个版面，我接到许许多多读者的电话，认识的和不认识的。接到那些关怀的电话时，心情就像开放的花儿，不觉回想起小时候读过的一首诗，一首赞美春雨的诗，"像一位失恋的少女在原野上哭泣/她不知道泪水洒过的地方/竟泛出绿色的春意"。如果没有经历过下岗，那首诗也许读不懂，或者，不能领会得那么深刻。走过迷茫与痛苦之后，渐渐有了许多新的领悟。我手头整理的这一摞书稿，是下岗给我的回报。我想找一家企业来资助这本书的出版，而我也可以为这家企业做些事来进行补偿。在 2003 年元月，我给枝江酒业的老总写信，实事求是地讲述了出版书稿《孤洲心语》所遇到的资金困难。时值春节临近，我不知道忙碌的蒋红星董事长是不是有机会看到我写的信，也不知道他能不能理解我是在无助的时候才写出那样的信，因此并不抱太多的希望。凡事随缘吧。还有，如果蒋总真的愿意资助我出书，我也许会因此背上一笔沉重的心债。在给蒋董事长写信的时候，我还想到了一个人，那就是劲酒公司的老总吴少勋。还在棉纺厂上班的时候，我看到过劲酒在《经理日报》上关于改制的连续报道，读得"虽不能至，心向往之"，恨不得跑到黄石的大冶，到劲酒去应聘。我还参与了报社策划的"吴少勋现象大讨论"，写了一篇评论《企业需要这样的领头雁》。洋洋洒洒"千字文"，编辑竟刊发在报纸的头条。想去大冶不太现实，孩子还小，正需要人照顾，只好放弃了这个想法。

2003 年春节过后，我接到枝江酒业总经理办公室主任蔡兵的电话，他约我到公司商谈书稿《孤洲心语》的出版事宜。蔡主任告诉我，蒋总在我的信上做了批示，基本按照我在信中所说的合作方式，即由枝江酒业出资 7000 元帮我出版文集，我不要报酬给企业打工六个月。按我自己的设想，是到车间去做体力活，我喜欢大集体式的劳动场面。没承想是要我在总经理办公室协助编辑《枝江酒业报》，并每月发给我 300 元生活费。记得那天签订合作协议之后，蔡兵要为我安排住处，我怕给公司增加负担，谢绝了他的好意，在枝江实验小学附近租了两室一厅的旧房子。我于这一年 2 月 21 日到《枝江酒业报》编辑室上班。

我在翻阅了枝江酒业的相关资料和大量的行业杂志之后，对枝江酒业的历史文化、发展现状有了更多的了解，并开始发表属于白酒行业的新闻，不到三个月时间，就在《中国酒》《中国酒业》《华夏酒报》《糖酒快讯》《糖烟酒周刊》《经理日报》《酒海观潮》等大型刊物上发表新闻及深度分析文章 30 多篇，并和这些刊物的编辑们成了朋友，他们主动找我约稿，说我的稿件有新视角。客观地说，并非我的稿件有什么新视角，应该是枝江酒业每天发生的变化让人感到有激情，觉得有东西可写。那时候，每发一篇稿子我都做了记录，最多的一个月发稿 98 篇，连我自己都不敢相信。到了 8 月 21 日，我与枝江酒业的合作期限到了，蔡主任找我，说希望我能留下来，按主管待遇定工资，这也是蒋总的意思。其实，我也很看重枝江酒业的文化氛围和蒋总对各类人才的尊重。于是，我留下来了。2003 年，我、杨家法、王永胜，每个人每年在各级各类报刊发稿都在 300 篇以上，时任《中国酒》杂志编辑的谢海峰称赞我们是枝江酒业新闻宣传的"三剑客"。说到底，还是枝江酒业出台的激励机制在推动着我们成长。企业有对外宣传奖励制度，这让我们在工资之外又增加了一份收入，多劳多得，大家都干劲十足，一有空就在写稿子。短、平、快的稿子写多了，经验也就丰富了。

在枝江酒业的一次接待中，我见到了仰慕已久的吴少勋老总。那是 2006 年夏天，他和大冶县（现为大冶市）分管工业的副县长一起来枝江考察。到了枝江酒业文化展厅，我一边给他们照相，一边找机会想和他说说话，像个心情激动的追星族。就在蒋总他们给考察团一行介绍情况的时候，吴少勋老总走过来问我："你好！请问洗手间在哪儿？"我带他走出展厅大门，指着邻楼的一楼，他礼貌地说了声谢谢。我站在展厅大门口等他。再次见到他时，我告诉他我曾经在《经理日报》上发表评论的事。他惊喜地问我："你是那个，那个叫张同的作者吗？"我点点头。他热情地伸过手来："谢谢你呀，那篇评论我还记得。欢迎到我那里做客！"算算时间，那篇评论是 2001 年写的，五年了！没想到，我们会以这样的方式见面。

2004 年至 2005 年，我在完成本职工作之余，与《三峡日报》原副社长张宣南先生合作，编写了《把酒问枝江》一书，并出版了《E-mail 里的乡愁》。《E-mail 里的乡愁》一书是缘于枝江酒的随笔集，以书信来往的形式表达了两岸同胞对祖国统一的祈盼，在人民网独家连载之后，新浪网、凤凰网、华夏经纬网等诸多网站负责人纷纷与我联系转载事宜。

2011 年，时值建党 90 周年。在我心里沉淀多年的李文英的形象渐渐涌现出来。许多媒体都在推出基层党员的先进事迹，《三峡日报》也开设了"讲个故事给党听"栏目。我与《三峡日报》的总编辑范长敏先生联系，将稿子传给了他。范长敏先生不愧为新闻战线的专家，他慧眼识珠，认为李文英这个典型值得推，而且有望推成全面的典型。在我们的联手宣传之中，中央大媒体也参与进来，李文英甘为农民做义工的先进事迹真情告白于天下，《中国作家》也发表了我写李文英的报告文学《棉田映晚霞》。在宣传李文英的事迹上，蒋红星董事长也给予了充分肯定。当他知道有的媒体为了求快，抄了我的文章也不署我的名字时，还专门打电话安慰我。后来我才知道，他的一篇有见地的科技论文也曾被四川一个大学教授抄袭而在国家级刊物上发表。"那时候，人微言轻，即使心里很委屈，也不好说，甚至不能说。但后来又想，正是那个教授论文的发表，国家对清香型和米香型的概念就确定下来了。从某种程度上讲，是他帮我们完成了临门一脚，也证实了我们的研究是正确的。"听他娓娓道来，心里就平静了许多。

进入枝江酒业之后，在工作和学习上的积累，使我的笔力得到锻炼与提升，有许多稿件上了《人民日报》《经济日报》《半月谈》《消费日报》《瞭望》等有影响的各大报刊和中央人民广播电台。随着枝江酒业的飞速发展，《枝江酒业报》和公司网站这两大文化载体发挥了其应有的作用。《枝江酒业报》全年 12 期，到 2012 年 10 月止，出版了 129 期，多次被评为全国企业优秀内刊，多篇优秀稿件被全国公开发行的报刊转载；公司网站的信息更新在全国白酒行业网站中最快，点击量已达 6000 多万人次。《枝江酒业报》和公司网站还成了枝江酒业文化宣传的原创基地，与全国新闻采编系统网站链接。就这样，埋头于一篇又一篇的文章，穿行在浸透了酒香的字里行间，这也是我回报枝江酒业的唯一方式。如果说我一直在寻找精神的家园，枝江酒业算得上一片花香郁人的园地；如果说我一直在觅求新知和新感觉，枝江酒业就是一座信息量富集、精神理念与时俱进的宝库。在枝江酒业，除了外出做一些市场调研和采访，我最喜欢的去处是酿造车间。在那里，我真实地看到那些饱满的粮食如何变成一滴滴醇香四溢的酒，我对酿酒的工人心怀敬佩。枝江酒业老一辈的酿造工人凭多年积累的经验，用手指轻轻捻一下，就能知道酒的度数，与仪器测量的基本一致。在最普通的岗位，在苦、脏、累的车间，有一群叫"工匠"的人，他们才是企业真正的脊梁。

正是因为这一份心灵的平和，工作之余，我创作了部分文学作品，在国家级文学刊物中发表，也出版了两部长篇小说、两部长篇报告文学，2013 年成为中国作家协会会员。

2017 年 10 月，我从枝江酒业退休，有了更多的时间读书和写作。回想自己在鞭炮厂、玻纤厂、棉纺厂和酒厂的过往，真的要感谢那些经历，丰富了我也成全了我。如果说在进入枝江酒业之前我是一粒饱受风霜的粮食，那么进入枝江酒业之后，我则进入了大型窖池，自然发酵和生香，渐成一滴透明的酒液。我深信那一路的文学求索，都是为了与梦想的距离更近。

张同，中国作家协会会员，出版散文集《孤洲心语》《E-mail 里的乡愁》等，出版长篇小说《蔓藤的春天》《素袖红妆》等，作品散见于《中国作家》《长江文艺》《人民日报》等。

文学改变人生

朱白丹

写作，让我走出大山

我的家乡，大点说在湖北宜昌，号称"诗城"；小点说在夷陵区乐天溪镇，与世界文化名人屈原的家乡秭归相邻。相传唐朝诗人白居易（字乐天）路过并夜宿此地，得名"乐天溪"，号称"诗乡"。我的父亲是宜昌县（现为宜昌市）航运公司的一名普通工人，自然没有屈原、白居易那几把刷子，但多少受到诗风熏染，算得上半个文化人。爱好小说、诗词，偶尔写点打油诗和故事，书法、象棋技艺了得。小时候，父亲经常给我和弟弟朱光华、朱华逊讲文学故事，我们对小说故事痴迷，文学的种子就这样在我们三兄弟心中悄悄发芽。少年的我，通过各种渠道阅读过《暴风骤雨》《林海雪原》《野火春风斗古城》《红与黑》《安娜·卡列尼娜》《老人与海》《钢铁是怎样炼成的》等中外名著。

读初中时，语文老师在一次全校活动上朗诵了一篇作文《我的老师》，数百名师生被语文老师极富感情的朗诵深深感动了，活动结束后纷纷打探作者。这是我写的一篇作文，当时的我十分得意。从那以后，我就萌生了创作的想法：一篇习作被朗诵就如此受人追捧，作品变成铅字岂不更风光？

1979年12月，我进入沙坪电站当了一名发电工人。工作三班倒，比较清闲、舒适，有充分的时间自己支配。于是我拿起笔爬起格子来，不分白天黑夜，不分酷暑寒冬。我是不幸的，头三年收到的退稿信足足装了两纸盒，其间不乏冷嘲热讽；我又是幸运的，在作家鄢国培、胡世全、张永久、童江南等老师及时任沙坪电站站长的冼世能的指导下，终于在1985年1月8日的《中国电力报》上发表处女作，之后便一发不可收拾，在各地报刊发表小说、散文、电影文学剧本若干。1990年初，沙坪电站与水电公司合并，我因文学创作成绩突出，被调入水电公司工会工作，从此走出大山。如果不是写作，不是手中的这支笔，没有任何背景的我，至今还在大山深处的水电站发电一定是大概率事件。因为，有不少与我同时进入电站的同事，一直在大山里工作。

都说"机会来了门板都挡不住"。调到县城工作不久，县里筹备成立文联，组织、宣传部门拟调我到文联工作。如果我还在大山里发电，我会毫不犹豫地答应。而刚从大山里调到县城，且老婆、弟弟、弟媳都在水电系统工作，相互可以照应，我就放弃了。

元辰老师那时在县委政研室供职，编辑《西陵通讯》，发表了我的散文并配发评论。某天，县水利局（现为水务局）当时的局长龙金德跟在县委政研室工作的赵毅闲聊，请他推荐一个办公室主任人选。赵毅随手拿起《西陵通讯》杂志指着我的文章说："朱白丹不就是现成的吗?"于是,我被局领导相中,于1991年年底起担任了八年局办公室副主任、主任。

2002年4月,省水政监察总队组建不久,需要文秘人员。因为我起草的一篇汇报材料被省水政监察总队领导相中,我被借调到省直属事业单位工作。其间,单位拟正式调我到两家省直属事业单位,我因不愿放弃行政执法人员岗位编制,婉拒了。随着在文学创作和专业方面不断取得成绩,我经常受邀到全国各地讲学。近年来,我应邀在河南省、甘肃省、湖北省水利厅,四川广安、四川资阳、山东金乡、甘肃兰州、河南周口、河南永城,以及湖北武汉、宜昌、恩施、襄阳、随州、荆州、荆门、鄂州、黄石、咸宁、孝感、天门、潜江等地的人大、政府、街道、大中小学、水利部门、市场监督管理部门、经济商务部门、综合执法部门等单位讲学百余场次,受众近万人次。借调期间,文学创作虽有中断,但一直没有放弃。

2018年6月13日,说不上有多特别,球迷们关注的第21届世界杯足球赛在俄罗斯还未开赛。跟往年一样,时光依然是踏着它稳健的步子向盛夏走去。这一天,却是我写作生涯中一个极其重要的日子。在经过本人申报、中国水利作家协会推荐、专家评议之后,中国作家协会书记处进行了投票审议,通过了我加入中国作家协会的申请。一个基层职工、一个业余作者,能被组织认可,我很激动。

写作,给我二次生命

过去的我不爱运动,自参加工作以来,几乎都是跟文字打交道,成天是家里—办公室"两点一线"。有时为了赶写材料奋战通宵,在旁边放一盆冷水，瞌睡来了就用湿毛巾敷头，加之我工作认真、负责，信奉"没有最好、只有更好"，所以身体透支厉害，厄运降临到我身上就一点不奇怪。

2014 年，单位组织体检，我被查出脾功能亢进，在武汉大学中南医院住院治疗。脾脏切除后做活检，结果是大 B 型非霍奇金淋巴瘤。跟许多人一样，我以为癌症就是绝症，一位著名主持人就是被这个病夺去了生命，我内心十分恐惧，当时感到天都塌下来了，精神十分消沉。幸运的是，我患的是能够治愈的那一种，且有一种特效药。是武汉大学中南医院血液科的肖晖、吴江等专家和医护人员的精心治疗和家人的悉心照护，使我得以康复。

2015 年 1 月 1 日，新年伊始，万象更新。大病初愈的我，晚上闲来无事，收看湖北卫视《大王小王》节目。这天的节目是《感恩号车队"拉"父母尽孝》。节目讲两个儿子用板车拉母亲、一位 64 岁的女儿用板车拉 91 岁的母亲畅游中国，历尽千辛万苦，事迹非常感人。片子主要是宣传感恩尽孝，这当然也令我感动。而让我记忆深刻的，是身患肺癌、肝癌的女儿，一路下来竟然痊愈。这说明，生命在于运动是真理。

看完电视，我和老婆商量着怎样强身健体，也想学电视主人公，推板车徒步畅游中国。细细想来，面临的困难实在太多，困了睡板车，路上吃饭、喝水都能克服，都不在话下，最大的困难是我经过半年多的化疗，虽然各项指标都很正常，但身体还是比较虚弱，无法承受高强度运动，医生的嘱咐也只是适度运动。最后我决定循序渐进，先骑自行车畅游武汉，走遍武汉大街小巷，待身体恢复好了，再向周边市县和全国进发。在制订计划时，我突然想到，仅仅只是锻炼身体，未免太一般化了，我就思考如何做到"1+1>2"。

时任湖北省委书记的李鸿忠曾在全省湖泊保护大会上提出："发扬湖北文学鄂军优势，用各种文学艺术作品，在爱湖、养湖、呵护湖方面多出作品和精品，形成湖北的爱湖文化。"我是一名业余作家，又从事水资源保护工作，责无旁贷。游览江城湖泊，既创作美文，又强身健体，是一件多么惬意、多么有意义的事！我突然就有了创作冲动，重新捡起了丢下十几年的笔。

166个湖泊，用脚步丈量，用心灵感受，每个湖泊平均只写2000字，也是30多万字，计划用1~2年时间来完成。这对大病初愈的我来说是一个较大的工程，也存在一定困难，几次萌生了放弃的念头，甚至为当初做出的决定后悔。我想起了住院时自己摇着轮椅买饭的大妈、那80多岁仍坚持在东湖冬泳的老爷子，与他们相比，这些困难又算什么？我一次次鼓励自己，攻城拔寨，166个湖泊生态散文创作才被我拿下。如今，我的淋巴癌也痊愈了，许多指标比生病前还好。

写作，助我家族生辉

我的文学创作先带动了小弟朱华逊，后带动了大弟朱光华。他们在《文艺报》《芳草》《中华文学》《电影文学》《长江丛刊》《三峡文学》《江河文学》《湖北日报》等报刊发表小说、散文近百万字，著有长篇小说《白莲教起义》《"长江大侠"吕紫剑》、小说集《满湖鱼》。我们三兄弟合著了小说集《兄弟同台》（长江出版社）、散文集《兄弟同台》（中国文化出版社），根据同名长篇小说改编的电影文学剧本《"长江大侠"吕紫剑》《茅麓山挽歌》分别在湖北省文联《中华文学》2019 年第 12 期、长春电影集团《电影文学》2020 年第 8 期发表。其中，电影文学剧本《"长江大侠"吕紫剑》入选 2020 年度宜昌市文艺精品项目。朱光华、朱华逊早在十几年前就加入了湖北省作家协会。

我们三兄弟的文学创作引起全国各地报刊的关注，《中华文学》《中国水利报》《中国三峡建设年鉴》等报刊集中刊发过我们三兄弟的作品。2017 年《中华文学》杂志第 3 期以"我是作家"专栏刊发"朱氏作家三兄弟专辑"，并配有编者按、三兄弟照片、作者简介，同期刊发了宜昌市文艺理论家协会副主席、作家、评论家力人撰写的评论《作家三兄弟，水利写传奇》，在文学界产生了广泛影响。

我们的文学创作，也影响到下一代。我女儿怡安（网名"依岸竹篱"）创作了 80 万字的长篇小说《长相思》，获搜狐网面向世界华人征文的唯一特等奖，也加入了湖北省作家协会，成为搜狐网签约作家。

一家四人开展文学创作，且都是省级或国家级作家协会会员，都取得了一定创作成绩，这一现象，也引起了评论家的关注。鲁迅文学奖得主、著名作家胡世全老师评价说："兄弟同台即使不是一个奇迹，至少也是一种罕见的文坛现象。在物欲横流的今天，能在孤灯独守的夜晚，做着心灵美梦的人，实在是不多了。朱氏三兄弟居然守着共同的精神家园，为了文学，更为了寻找灵魂的安妥之地而默默地诉说，不能不叫人感慨良多。"宜昌市文艺评论家协会常务副主席兼秘书长力人评价说："朱白丹、朱光华、朱华逊三兄弟相互影响、痴迷文学、醉心写作、砥砺前行，这在湖北文坛和水利系统是个奇迹。"中国文艺评论家协会会员、夷陵区评论家协会主席元辰评价说："同台三兄弟，一门四作家。这种罕见的家族文学群落，出现在当今的夷陵区文坛。其他地方有无，除了周树人、周作人、周建人三兄弟外，尚未听闻。"

某天，侄儿（朱华逊读初中的儿子）朱从建很郑重地跟我讲，他要写小说，谈了构思，说得头头是道，被我劝阻了。学习文化知识要紧，做长辈的我自然明白这个道理。如今，已是大学生的他，课余已着手长篇历史小说创作。

写作，使我结识师友

我在文学创作之路上磕磕碰碰走到今天，离不开老师们的精心辅导，有太多的人要感谢。

著名作家鄢国培（后任湖北省作家协会主席）老师在宜昌官庄水库创作《长江三部曲》之三《沧海浮云》（当时叫《风雨催舟》）时亲笔给我回信，鼓励我进行文学创作，又在胡世全老师主持的大老岭林场笔会上当面教诲；著名散文家李华章老师为我的第一部散文集《风景》作序；我的创作老师、弟弟朱光华的历史课老师胡世全通知我参加三斗坪中堡岛笔会和宜都《西楚文学》笔会，就是在那两次笔会上，我认识了董宏猷、邓一光，宜昌地区文联主席、著名诗人刘不朽，以及宜都棉纺厂办公室干部姚鄂梅，胡世全老师后又为我们三兄弟的小说集《兄弟同台》作序，辅导我们三兄弟的文学创作；张永久老师编辑我发表在《三峡文学》的小说，后又介绍我加入了湖北省作家协会，让我从一名业余作者变身为业余作家；著名散文家甘茂华老师为我的评论集《说三道四》作序，对我们三兄弟的创作也给予了辅导；作家普玄、鄂元平、童江南、朱忠运、韩永强、张立先对我的文学创作都有过很大帮助；刘军老师为我的散文集作序，并给予了较高评价；著名作家王蒙、余秋雨在其著作上为我签名，并与我合影留念……

至今还记得初识文友黄荣久、力人的情景。某年宜昌老干部局编写《夷陵老一辈》，荣久、元辰、王平和我应邀参加，由此与久哥结识。久哥不仅文章写得好，工作也兢兢业业，先后是交通局、房管局、政协的领导，无论在哪个岗位，对我、好友家尧和其他文友都给予过不少帮助。久哥很讲兄弟情义，是文友中跟我联系最紧密的兄弟。2014年我身患重症，久哥听说后，隔三岔五发来短信问候。最让我感动的是，他在中央电视台某期新闻联播中看到国内研制了一种治疗淋巴瘤的特效药，专门从外地打来电话嘱我留意。人生中难得有久哥这样的知心兄弟。跟力人老弟认识，是在某年去兴山县参加笔会的车上，我们俩邻座，待互报姓名后，都激动地站起来，脑袋差点碰上了车顶。之后，他在文学创作上对我们三兄弟都有过很多帮助。

如果说我的文学创作取得了一点成绩的话，都要归功于宜昌及水利局（现为水务局）老领导廖传伦、张捍东、郭定菊、冼世能、曾任省总工会党组成员、副主席的胡碧辉，省作协党组成员、副主席高晓晖，以及省水利厅直属机关党委张汉生、朱建军、李俊辉、沈伟民等人对我的鼓励与帮助。2016 年 9 月 27 日，为筹办长篇文化散文《沧桑百湖》首发式暨研讨会，沈伟民秘书长从北京出差回鄂，顾不上回家，专门约我到办公室提出指导意见，并经常在各种场合对我的创作大力推介……这一幕幕让我万分感动。

我的作品因为《中国电力报》《青海湖》《长江丛刊》《电影文学》《短篇小说》等刊的编辑悉心指导，才得以发表，使我从此走上文学之路。我的长篇文化散文《走遍湖北》写得不怎样，但出版社和编辑却是一流的。第九届茅盾文学奖排名第一的《江南三部曲》、排名第四的《繁花》均由上海文艺出版社出版，充分说明了上海文艺出版社的实力。徐如麒老师是资深编辑，他编辑的书籍获得过鲁迅文学奖，我的散文集《走遍湖北》在上海文艺出版社出版并由徐如麒老师编辑，是我的福气。出版过程中，深深地为徐老师的学识和敬业精神所折服。

汉剧艺术大师陈伯华先生说："别人对我们的不好都可以忘记，但别人对我们的好一辈子都要记得。"我永远都会记得给予我支持和帮助的人。相信，永远写下去，便是对大家最好的致谢！

　　朱白丹，中国作家协会会员，发表作品若干，出版小说集、散文集10部共200多万字，获奖10多次。

草根作家的长征路

冬　如

2017 年 9 月，一个初秋凉爽的日子，我手捧中国作家协会的入会通知书，见落款处盖着"中国作家协会"鲜红的印章，不禁心潮起伏。儿子在微信群"大家庭"里发出一句话："只有最亲的亲人才知道，妈妈的每一点成绩，是多么来之不易！"

我思绪倒流，流回到三十多年以前的某一天。

当年我在宜昌市半导体厂工作。工厂以可控硅为主要产品，仪器的精密度要求生产环节无杂质，进车间必须穿白鞋、白帽、白大褂。车间里主管生产技术的干部几乎都是从北京、上海等地调来支援三线城市建设的高级工程师；又因为"卫星上了天，鸡窝里飞出金凤凰"吸引了少数本地干部子女，工厂工人整体素质较高。车间里以女工为主。女工们闲来爱聚在四壁装有密封玻璃、宽敞明亮，地面如镜面，能照出人影儿的走廊里聊天。有一天，我们在车间里上白班，穿着白大褂的女工们聚拢在一块儿聊《小说月报》上刚刚发表的一中篇小说。小说是谁的、标题是什么我已记不清了，自然不会是王蒙的《表姐》、刘心武的《我爱每一片绿叶》、张贤亮的

《男人的一半是女人》。那一堆女工大约有十个人吧，几乎每个人都读了那篇小说，每个人谈起那篇小说，竟都能谈出其中的故事、情节、细节，每个人脸上都镀有兴奋的色彩。聊着聊着，其中有一个女工跑回她的工作间，拿来登载有那篇小说的杂志给大家看。

这就是那个文化复兴的时代。意识形态呈现积极进步的向心力，普通老百姓也都自觉地被卷进读书的氛围中去了。

我和那个时代的许多文学青年一样，被热爱文学的浪潮推动着，去认识、审视自己，选择自我。我是谁？我能在文学方面发展吗？今后的生活中，应该走一条怎样的路？我是一个普通的女工。童年、青少年都是在浑噩无知中度过。刚刚跨进初中的门槛，就遭遇停课闹革命，之后上山下乡，插队农村。我刚跨越而立之年，已婚，育有一男儿，之前的文化教育几乎一片空白。想清楚了这些问题，我一次次抱回中央广播电视大学中文系的教材，如饥似渴地学习。那期间我因工作调动，离开了干净且轻松守机器的前方车间，在后方车间干装备的活儿，每天面对工作台上成堆的、用炭做的黑不溜秋的模型，每个模型上都有无数比绿豆还小的孔眼儿。我的任务是在那每个孔眼里分别插、填进八种细微的材料，也就是说，我每天要用我的一双手，十根手指头机器人般枯燥地操作，将成千上万的小零件插、填进那些小孔里去。常常，我在面前放一本书，瞄一眼页面上的某段语言，比方《古文观止》中的《读孟尝君传》，心里背诵着"世皆称孟尝君能得士……"，手里填塞着小零件。这样做，我的活儿总是落在别人后头，每每到下班的时候，人家都走了，我还没干完，人倒是变了一个样，双手、胳膊和脸上都沾满炭模的粉尘。

由于长时间仅动双手的静坐，腰酸背痛，又累又脏，苦不堪言！小姐妹们见我装不完，帮着我装。我若完不成任务，班长、车间主任都不责怪。有时请假去当旁听生，他们也支持。（不过写到这里，我得对车间里那久违了的小姐妹和班长、车间主任们表示感谢！）这使我的情况不至于老是糟糕。

我吃苦耐劳，能自我忍受，而难以忍受的是我那只有四岁多的孩子也跟着我吃苦。每一次我下班后，骑着自行车从铁路轨道下面穿过，从现在的东山隧道那很高的陡坡冲下山，在大街上再拐几道弯，飞向桃花岭幼儿园。远远地，我就能看见被铁栅栏围住的幼儿园内，除了一个女员工在扫地，只剩下我儿子一个小小的人儿了！他瘦小的身体，在铁栅栏上被贴成了一片瘪瘪的饼。多少次，我发现他双手紧抓冰凉的栅栏，眼巴巴地望着外面的道路时，脸上带着泪痕，显然哭闹过。小伙伴们都被爸爸妈妈接回家了，孤零零的他怎能不哭闹呢？这是我电大学习期间最难忘、心酸的事情。有一次，我对孩子掏心窝儿地说："儿子，人说三十而立，你妈妈拿什么立？年过三十，你妈妈才开始当学生，计划在三年内将初中、高中、大学学业一股脑儿完成的学生啊！原谅妈妈吧，孩子！"

儿子还小，听不懂我的话。那番话是说给儿子，更是说给我自己的。中央广播电视大学前几届的考试非常严格。每学期，我将教材从书店里用扁丝袋扛回家，在地上码整齐，书竟高出了我的膝盖。不知道学期考试时，会考哪本书、哪个章节、哪个段落里的什么内容，我只有死背，而后再领悟消化。我硬是用了三年时间，不仅自修了中央广播电视大学中文系八二级的全部课程，还在无数个夜深，儿子进入梦乡时，以悬梁刺股般的方式读了许多书，如《史记》《资治通鉴》《政治经济学》《鲁迅杂文全集》《红楼梦》《巴黎圣母院》《战争与和平》等中外名著。让我幸运、骄傲的是：不脱产学生本来就是极个别现象，我还没有留下一门补考的遗憾，一鼓作气拿下十几门课程，顺利获得毕业证书。这件事在我们小城算个稀罕儿！记得我被借调到职高代课时，电视台的记者抱着摄像机到处找我。我的心太远，文学创作还没起步呢，所以我躲了起来。

我深知大专只是基础知识的补习，很难做到如《红楼梦》中的"世事洞察皆学问，人情练达即文章"。过两年，我读到了池莉的《你是一条河》。这部中篇小说里，写到主人公辣辣的小叔子王贤良斗志彻底消沉时，他将自己比作贾宝玉出家。辣辣的女儿冬儿接了话说："说得也真像中乡魁宝玉却尘缘。"王贤良大惊，一把拉过了冬儿。他真正是没有料到这一群衣衫褴褛的侄子中，居然还有一个读过《红楼梦》。

读到这里，我真是感慨万千！我猜测作品里的冬儿就是池莉本人。知识是一种积累，池莉能写出这么好的中篇小说，一定是她幼年、少年时代就读了不少文学作品，至少她是读过《红楼梦》的。作为同龄女人，我既敬佩我省女作家方方、池莉，羡慕她们出生在文化氛围良好的家庭，使她们在童年时期就开始吸收知识的营养，又为我自己前三十年白活了而惭愧、惋惜。她们现在取得的成就，我需要奋斗多少年才赶得上？我没赶上 20 世纪 80 年代这一趟船，下一趟的船票得何年？

我怀着对文学的敬仰和畏惧心理去探路，带着自己的小说处女作《爱的港湾》找到宜昌市群艺馆杜晓岚先生（原为宜昌市群众艺术馆创作组组长）。第二次见到杜先生，他高兴地对我说："大家都在起步，纷纷怀揣自己的作品来问我'我能写出来吗？'，我不会随便回答这个问题，那样是害人的。文学创作是非常艰苦的事，要成功，天赋固然重要，但还有许多其他因素，最需要的是坚持。"但是他说："你有潜质。"于是，我把《爱的港湾》投给了南野先生（现任浙江传媒学院教授，著名诗人），他很快发表了这篇作品。不久，多年任宜昌市作协常务副主席的张永久先生发表了我的短篇小说《厂长与海狗子》。接着，以原《当代作家》为主的省级杂志相继发表我的小说和散文。文学创作这么容易吗？事实上，好的开端不过是让我误入"迷途"。

文学圈内的马拉松坚持者常自我揶揄："上贼船容易，下贼船难！"的确，文学几乎伴随着我的一生，我为它煎熬、痛苦、徘徊、失落，为它勤奋、坚强、愉悦、兴奋，为它放弃了许多，为它得到了许多。得于享受这五味杂陈的感受，更因为我从始至终都只是一草根。"我的生命是一本不忍卒读的书"用在我身上，很贴切！那年月，连续发表几篇作品，心在飞，经常是满脑子癫狂地构思作品，故事、人物、情节、细节、氛围、意境……有一次我下班后，骑着自行车从绿萝路的高坡上朝下冲，身体突然失控，朝前的双臂像张开的翅膀飞了出去，摔倒在路边。咳！好一场惊险剧上演，只因构思一个作品太入神，思想开了小差！

大约是从踏上漫漫长途的推销之路那一天起，我不得不又放弃了写作。

直到我们夫妻相继下岗。下岗以后，我们拿出多年的全部积蓄（还包括找亲友借的钱）开办了一家餐馆。天有不测风云，人有旦夕祸福。谁知我们租用的门面是转手之作，临街的门面前竟筑起一道高高的墙，完全挡死了餐馆的生意。这如一把大火烧毁了那投入的大把大把人民币！打官司，谁是被告人？只怪我们自己没有经验！那年我的儿子才读大一，除了每学年近10000元的学费，每月生活费500元必须到位。孩子他爸拿到手的下岗费20000多元，刚好用来买下了我们住的房子。也就是说，我们家每月收入为零，支出有家庭生活基本开支，儿子学费、生活费，还借款。我们也曾租一间八平方米的小屋卖副食品，每天上午八点多开门，晚上十一点关门。说实话，做这样的小生意白天黑夜、风吹日晒、望眼欲穿，每月仅挣个七八百块钱，还得防着深夜小偷撬门，更怕房东涨房租。他见你能挣一点钱就眼红，隔两个月涨一次价，直涨到你生意基本是为了交房租，不得不向他告饶说不干了。有一年，我干了九种活儿，仅仅是为了填饱肚子。

傻劲还没完呢！我很清醒地认识到，哪怕一年干九十种活儿，打游击不是个事儿，我得第二次创业！

在没有一分本钱的有限条件下，我选择了三个项目，但还没正式起程，我就不寒而栗，不是对未来谋生事业有畏惧，相反，过去教书也好，跑推销也好，足够的经验和信心告诉我，我想干好的事情，没有干不好的，只要有一份自己的事业，挣大钱于我不是梦，它就是实实在在的明天。而是，我太了解自己，鱼和熊掌不可兼得，这辈子只能做好一件事，明天的创业之日，将是我与文学梦彻底告别之时！

在人心越来越浮躁，文学早已经边缘化的今天，我在文学创作这条路上经历过失败。名字、名气是否比作品更重要？我还是愿意相信，只要还有编辑发表我的作品，我就能坚持创作出精品。比方宁夏的《朔方》，自从我于 2000 年在该刊首发《预约晚餐》并被《短篇小说》选载后，该刊几乎每年都以头条发表我的作品。我对文学的痴情，就是年复一年"春风吹又生"的野草、草根，注定了我后半辈子要在这条崎岖的道路上跌跌撞撞、左冲右突。

终于有一天，我走近黄柏河。此河流上建设有一条东风渠、四个大坝水库。在半个世纪的开发建设中，表现了中国人民前仆后继、艰苦奋斗、甘于奉献的精神。而水资源保护又是当今文学应该挖掘的重要课题。这是相遇，为此，我准备了三十年，三十年守住清贫，三十年磨砺，三十年努力学习，前方等待着我的是——生命的冲刺！

我把黄柏河置身于中国乃至世界的大背景下去采访，去阅读资料，去思考写作，命书名为"中国有条黄柏河"。

那个寒冷的冬天，我蹲在黄柏河最古老的天福庙水库写作。至今回忆，那两个多月的静心写作，仍是我生命中很有意义、快感的日子。河风凛冽，工作间没有空调与暖气，但我心里闹腾得暖和！每天清晨开始，我脑子里就是一幕幕电影，我完全地活在文章的主人公中间。写谁，我就变成了谁。日日夜夜，只听电脑键盘在我手指的敲击下，或高歌，或低鸣，发出动人的音乐，文字或激昂，或忧伤，似清瀑飞扬四溅。有时写累了，才走到长长的晒台上，扶栏朝对面的高山望去。我望见了那个调皮、英勇、顽强的小伙子王昌鹏，他因为处理哑炮，长眠在这穿山而过的隧道里；我望见山脚下河水中的半截桥墩，它永远见证着1984年洪水来临的残酷无情；我偶尔也望见山腰间有几棵树摇晃得厉害，果然就听到几只野猴的嚎叫声，还看见它们在树上打秋千。清楚地记得，一天早晨，我边跑步边构思，小伙子王昌鹏和大姑娘叶枝从对面迎向我。活生生的两个人儿，瞬间，我的心尖上飘起了火苗儿，我体会到了如痴如幻如魔的燃烧！从那天起，我开始疯狂失眠，以至连续两年多时间每天只能睡一两个小时，导致人瘦了二十斤，逐渐丧失嗅觉和记忆，胸部呈放射性疼痛，四肢无故颤抖，双手只要一触摸键盘就抖得厉害……后来有了自杀的念头，硬是从心底里想透彻了，索性不睡觉，等待着一周以后自然死亡。如此解放了思想枷锁，失眠问题居然很快改善了。

功夫不负有心人。《中国有条黄柏河》出版后，得到了读者的肯定和好评："落泪，感动，震撼！"中国报告文学学会李炳银、中国水利文协王经国、中国报告文学研究院张立国都在不认识我的情况下，分别为本书写序和书评。在宜昌市作协主席张泽勇力推之下，本书获得宜昌市第六届屈原文艺创作奖；在武大教授樊星力荐之下，本书获得湖北省首届报告文学一等奖。报刊选载《中国有条黄柏河》章节及发表书评共二十多篇文章。

或许我生来就是一个愚笨的人，文学创作之路如此漫长！1997年，我的散文集《女儿路》出版，是为鄂西地区第一部女性文学作品集。可是我在这条路上走着走着，把自己走丢了，又捡起，继续走路，这样停停走走、走走停停，总不舍弃。2020年5月份，我获得宜昌市委宣传部的文学创作精品扶持资金，将这多年来在《人民文学》《北京文学》等杂志发表过的十个中短篇小说结集出版，书名为"红绒花"，算是坚持不懈的收获。

近年，有一种非常特别的感觉，隔一段时间不读书，能捧一部大书在手中读，那书就像失而复得的宝贝；几天不写作，重回电脑跟前敲击键盘，心才会安宁、踏实。文学创作已是我生命中最重要的事情，是我今生后世的归宿！总有一种声音回响于耳畔。"《中国有条黄柏河》令我刮目相看，我以为这部作品是她自己创作上的一次可贵超越，于人民、于社会、于历史都功德无量，有了这部作品，冬如可以说已经无愧于'作家'的称号。"这是著名作家、《北京文学》主编扬晓升老师的声音。"你这部报告文学是应该受到充分肯定和赞扬的。写得相当扎实，情感、立场都对，文学语言也是好的。你要充分自信，坚持下去。你能写出更好的作品……重视你自己，写下去。"这是著名报告文学作家王宏甲老师的声音。2019 年冬季，在湖北省报告文学颁奖大会上巧遇王老师。他告诉我，他是本届鲁迅文学奖评委，发现了我的《中国有条黄柏河》，于是力荐，并通过了一、二轮评审。这消息于我是莫大慰藉！我有一个显著的特点，最怕背负人们对我期待的眼神。今天，从顶层专家、教授至一般读者，多少人喜欢我的作品！他们在逐渐替我洗净心灵那生长已久的自卑，帮助我点亮文学创作的烛光，让我的胸怀更宽阔、视野更辽远、脚步更踏实。写下去，以此回报所有喜欢我作品的读者们。

冬如，原名刘抗美，中国作
家协会会员，出版《女儿路》
《红绒花》等，发表小说、散文、
报告文学约 200 万字。《中国有
条黄柏河》获首届"绿洲源"
杯湖北省报告文学一等奖等
奖项。

读写忆旧

牛海堂

1

2020年岁末，地方志编撰专家团来兴山调研，我应邀参加讨论。经历了严峻的新冠肺炎疫情，平常会面也显肃穆。张永久坐门口，文静儒雅。他担任宜昌市职工文学读书协会会长，说正事前先约我写篇谈写作的文章，语气和他身下的沙发一样柔和。胡世全性情与他正好相反，奔七十的人，精神抖擞、脚下生风，长江里头游两个小时不在话下。我不知如何称呼二位，胡先生笑着说："叫师伯呗。"

正愁文章怎么开头，不妨顺着胡师伯的话题往下梳理。当年他俩和吕志青同处一间办公室，三人轮流主持《三峡文学》编务，将刊物办得有声有色。谈及编辑部趣闻轶事，二人眼睛放光，像喝了酒。

吕志青是我老师，他的作品给了我启发，文学观念与我契合。他赠我一本小说集《南京在哪里》，该书经几个朋友转手，像鸡毛信一样，一站接一站来到我书架。我的小说处女作由他编发。

　　和多数作者一样，我最初练笔选择的体裁是诗歌。"为赋新词强说愁"，青春需要挥霍，我偷偷摸摸写满一个笔记本。放下钢笔合上本子，我明白一个道理：诗分行，但分行的并不一定是诗，正如诗人蓄长发，但蓄长发的并不一定是诗人。看清自己难免沮丧。不是写诗那块料，我撕碎诗稿，当垃圾扔掉。笔留着，爬不上杨树爬柳树，从此不写分行文字，剪去油腻长发，转学写小说。

　　写了两个短篇，不知投哪里。看过吕老师读鲁迅文学院期间的随笔《京城遥寄》，开始关注这位家乡作家。结业后他回了宜昌，心想就给他吧。1998年，电脑还是稀罕物，舍不得买，我把手稿丢进邮箱，就忘了投稿这事，也没指望见刊。大约过了二十几天我收到回信：

　　"大作拜读，比较喜欢《与莫扎特握手的感觉》，这一篇留用，另一篇暂放我处。不赘。吕志青。"

　　字迹清秀流畅，与我像鸡爪胡乱扒出来的字形成鲜明对比。应把回信当书法作品收藏，可惜整理书柜弄没了。隔了二十二年时光，我仍记得回信内容。信头称呼我"牛海堂同志好"？估计他本人也说不准了。

　　后来得知，兴山一位小说家在我之前也给《三峡文学》寄了稿，我的小说却在他之前发表。胡师伯介绍，和我同期的作者陈闯就是现在成为名家的普玄帮我写卷首"编辑人语"。他写道：那期"新垦地"栏目特别推出了本地作者牛海堂的小说《与莫扎特握手的感觉》，作为"补偿"，与天才无法接近的林教授在现实中获得了另一种"握手"。这句话把我写这篇小说想表达的内容说得简明通透。吕老师反馈说，作品发表后反响还不错，他本准备写个推介短评，可惜搁浅。

十年后，吕老师计划以另一种形式落实。我的一组小说《自行车》《像鸟一样飞翔》在名刊《山花》发表。与责编谢挺聊天时，他问我是哪里人。考虑到兴山县地方小，仅十七万人口，便往大处说我是宜昌人。说完我心虚，一个乡下汉子，没挪过窝，把我扔进宜昌繁华市区我都不知东南西北。或许问答双方居住地都不是一线大城市，加上我忘提宏伟工程三峡大坝，谢挺对我说的市名一脸茫然。我抬出老师名号，说吕志青是我们宜昌人，《山花》是发表他作品最勤的杂志。谢挺说："我读过他小说，你把吕志青电话给我。"

好久没联系，我找朋友要了吕老师手机和座机号码，短信发给谢挺。第二天，谢挺来电话，说他已与吕志青联系，让我把小说发给对方，请他写个评论。吕老师邮箱是姓名全拼，我拼音不过关，用五笔打字，问他"吕"字拼音是否打错，他告之韵母 ü 电脑键盘没有，默认用 v 代替。撇开硬笔书法和文学认知，单就汉语拼音知识，也该叫他老师。

估计吕老师在背后把我推荐给了张泽勇主席，宜昌市作协才知道兴山有个工人写小说，并不遗余力给予宣传与帮扶。

之后我陆续在省刊上发表作品，与我结缘的刊物编辑有一串。比如赵燕飞，我给过她四篇小说。第一篇没中；第二篇她送上去被主编毙掉了，她让我别灰心；第三篇顺利见刊；第四篇她觉得也不错，这时她已升为《湖南文学》副主编，负责复审，不看初审稿，她把我的小说转给杂志社初审编辑刘威，并告之刘威联系方式。刘威通知我这篇小说过了终审，排队等待时间较长。再比如周周，北京《阳光》杂志编辑部主任。我投去一个中篇小说，她看后打电话说可用，让再投个短篇小说。我照办，她说这个短篇小说不符合她们刊物风格，再给。我另写一篇邮去，上午邮寄给她，她下午就回电话说这篇好，再写个创作谈一起在"新锐作家"专栏推介。感谢的人还包括几位退稿编辑，他们坦言指出我作品的缺点和不足，警示我还得继续努力。

我缺乏自信，没刊物编辑鼓励，写不下去。今年我受托为一本内刊组稿，打开公共邮箱，里面竟有四千多封稿件未读，让我从中选四篇拟用。来稿汹涌，大刊用稿率更低。无知者无畏。早知道这些细节，当年我就不敢拿稿件当手榴弹闭眼往外投了，好在运气不错，手榴弹居然炸响。作者与编辑应相互体谅，作者尽可能写出好作品，编辑看稿尽可能多点耐心。

2

1989 年我灰溜溜地高中毕业，连普通大学也没考取。父亲没责怪，他莫名对我说一句："你二十岁后智力可能稍微强些。"当时我已十九岁，这话似星光一闪，挺受用。成绩不理想不是不努力，是智商还没开发出来。

反正闲着，父亲就安排我在菌种厂打工，他是这家企业领导。我的任务是消毒，师傅姓曹，简单交代后就走了。物料瓶子放进五个医用消毒柜，须经蒸汽高温熏蒸八十分钟。码瓶、取瓶工作由五个小工负责，我的主要任务是与锅炉房联系，保证标准压力供汽。

这工作不使力，手忙脚乱上几次班就顺当了。

第一月拿学徒工资，仅几十元。工资到手，我就去新华书店买了一套《基督山伯爵》，厚厚三本。我想不明白当时为何不去买吃的买穿的买玩的，偏偏去逛新华书店。

上学时老师苦口婆心让我好好读书，可我读不进去。现在，大仲马这个说话我听不懂的外国人只在我面前吹声口哨，我就拔腿跟他钻进书山游入学海了。

父亲想我掌握一门技能，子承父业，他只读了高小，凭自学获会计师职称。他把我送去会计业务培训班学习了一段时间，考虑到菌种厂经营走下坡路，父子在一个单位也有弊端，上三个月班后，我报名参加县电化厂招工考试。一中学毕业生，文化素质比社会青年强些，顺利过关，去白沙河从事值班电工作业。

我的工作要上倒班，别人睡觉我在工作，别人工作我在睡觉，黑白颠倒。倒了二十九年班，区别仅是倒的方式，四班三运转、三班两运转。

厂里有个同事也爱读书，叫望开军，原是白沙河当地村民。我在他的影响下开始写诗，但很快从缪斯石榴裙下逃跑，他坚持写诗到现在，越写越好。我俩交换书读。我有一套《卡夫卡文集》，私人书店买的，用小刀裁开内页才能读。余华写文章说卡夫卡下巴尖，我忍不住笑，经小刀削过的下巴能圆滑吗？卡夫卡生前遭肺病折磨，去世后，他的书还在我这里受水灾洗礼，很是对不起他。望开军还书时，《卡夫卡文集》纸页呈波浪形，整书厚度增加了一倍。他告诉我，那天下大雨，过桥时没站稳，手一晃，书掉河里去了，他不顾个人安危下河抢回来，用吹风机烘干，书页成了腌菜。卡夫卡在天之灵如果知道这一幕，肯定感动，庆幸布罗德没按他遗言烧毁作品。

下班后我去得最多的地方是图书馆。四楼阅览室，三楼藏书室，二楼台球室。同事家人承包了台球室，我跑去打台球，由于同事家人是图书馆职工，他在为自己生意操劳时不忘热心替单位打广告，"打球累了你们可上楼看书"。经他提醒，我上楼办了借书证。四楼摆放有许多杂志，我习惯找靠窗位置坐下，找到刚出刊的杂志，通篇一目十行翻一遍，锁定一两篇文章细读。与阅览室馆员邓琼混熟后，她开后门允许我一次带走两本杂志，下次归还再换两本。邓琼态度好、形象好、记忆好，我个人评定她为"三好馆员"，当着表情严肃的舒馆长面宣讲我的评定结果。邓琼倒是真得过单位奖励，不知与我口头发布文件有无关系。杂志带回家，里面的好文章可从容抄写，我抄过于坚发表在《人民文学》的长诗，抄过格非发在《长城》的两则几百字短文。有一天我想：为什么要抄别人的，自己有手不能写吗？手写才叫创作。

电化厂生产单一产品电石，属于高耗能企业。枯水季节缺电，每年放两个月假。晚上，我和同事轮流值班守厂。厂车停运，我们骑自行车上下班，单边十二里路，走走停停半小时。进入厂区，先巡视电炉检修现场，没异常情况，就回值班室休息。取暖器开着，四周一片寂静，适合翻书，读几十页出去转转。邓琼发现我借杂志比平时勤，明白我们厂停产了。

坚持四年，电化厂被县化工厂兼并，改产铁合金，效益也不佳，次年（1995 年 5 月）人员解散，员工被调去平邑口上班，大多数从事下矿、码包等之前劳务工承包的脏累活儿。我当时在变电所当所长，好歹有一个操作工岗位落脚。

我分在四五号炉原矿，条件也艰苦，连放碗筷和衣服的柜子都没有，所幸我一个同学在附近办公楼上班，杂物锁在他那里。物料先破碎，经燃烧煤气烘干，提到几十米高的料斗。磷矿破碎机功率大，原理和牙齿咬花生米差不多，上面放几根棍子，装载机把磷矿石倒过来，我们负责控制流入破碎机内的物料量，特大磷矿石抢八磅锤被敲成几块。样样有巧，姓杨的师傅教我顺着磷矿石纹路敲，省力。个别磷矿石硬，被破碎机牙板一咬蹦多高，像在跳舞。扒些细磷矿石下去，它才老实，碎成小块。焦炭呈颗粒状，用小破碎机作业。我们把装焦炭的口袋拉到破碎机跟前，挥锹铲破口袋，让焦炭流入破碎机。

同事见我身材瘦削，常照顾我到楼顶分仓。我一个人站在空荡荡的楼顶，望着烟囱伸进云端，感觉自己渺小如蚁。上蹿下跳，隔几天母亲就帮我缝补裂开的裤裆。

从事体力活儿，我有意选择一些考验牙口的书啃。图书馆三楼摆在显眼处的是工具书和大众读物。馆员快退休了，姓谈。我和谈大姐谈起想读别人不愿读、不敢读的书籍。她说："好吧，你跟我来。"她在前我在后，一直往前走，穿过好几间房屋，绕来绕去。我和谈大姐来到最里间，空中弥漫着一股霉味，鼻子难受，我打了个喷嚏。一排排书，纸页泛黄，我走一圈，选中《小逻辑》。学习西方哲学应从古希腊时期的著作开始读，黑格尔不管这些，板着脸和我讲形而上学。我打肿脸充胖子，在那本书上画些波浪线，表示自己有学问。

次年，白沙河建新厂，差电工，我又回到老地方。

阅读仍在坚持。为方便买书，我开始网购。先在邮储银行柜台填汇票，办理网上买书业务，后来网店关闭第三方商务汇款通道，我被迫跟潮流开通了网银，借用网吧电脑下单。我习惯逛当当网，图书正版过塑，时不时还有优惠。近几年，我在微信读书上下了一堆经典书籍，晚上一边散步一边听书，也挺惬意。

工作换来衣食，阅读滋养心灵。回顾工作和阅读经历，感叹科技发展之飞速和时代进步之巨大。

3

我刚学习写作，正值国外现代派作品汉译的高峰期，文学期刊着重推介余华、格非、苏童那一拨先锋作家。我先读他们的小说，再读卡夫卡、博尔赫斯、卡尔维诺、奈保尔这些具有开创性的大师译本。现在，随着年龄增加，我更喜欢读本土古典，《红楼梦》成为枕边书。

现代派拓展写作方式，探求思想深度；汉语古典展示汉语之美，以白描还原生活之丰饶。以往，我们常常把现代派与现实主义（包括古典）当对立面对待，其实二者的交融远大于分歧。社会日新月异，但人之为人的根基不会变，人向往光明的美好愿望不会变，当然，身后影子拖拽人向前的阻力始终存在。各种体裁及流派要处理的对象都是：人与自己内心的关系、人与他人的关系、人与自然的关系。

写作只是阅读的延伸，怎样读至关重要。我在李浩那里学会了拆读法。他举例，可把作品比作一把椅子，我们不能满足于坐上去舒不舒服，而应把这把椅子拆开，看木匠选用的什么木材、怎样把树加工成木方，琢磨制作椅子的核心技术是什么，掌握每一个细节，再把散开的椅子复原。

首先是爬的阶段，学写作最难的是过语言关，多读唐诗宋词可帮助我们锤炼语言，做到简洁、准确。技术问题可拆读东西方经典来解决。接下来是漫长的蹒跚行走阶段，寻找属于自己的小路。

每个作者都有自身局限性，我一直在工厂生活，每天与电打交道，生活、工作圈子小，与兴山文学前辈比，人生经验贫乏，我爱听他们聊天，间接获得一些知识和见识。由于经验有限，我不得不尽力调动想象力，从自身出发，向广阔的社会生活跋涉。

我写的都是小人物。小人物属于社会奠基阶层，他们的生老病死、悲欢离合，均值得写。难点是如何去写，怎样使笔下作为个体的小人物成为他自己、成为他们、成为我们、成为头顶闪光的星辰。

转眼五十，自感写作能力在衰退。在我情绪低迷时，一位老人给我打气。疫情期间，我无意在微信读书上搜到《失明者漫记》。这本书吕老师力荐过，我一口气听完。作者叫萨马拉戈，一位可爱的老头，在照片里安静望着我。他肯定年轻过，但没一张朝气蓬勃的照片，他发力展示自己无与伦比的写作才华时已过六十。他先大胆假设，然后靠逻辑一环套一环在日常生活场景中去演绎假设，使作品具有可感的烟火气，同时兼具强烈寓言性。"姜是老的辣"，萨马拉戈配得上这句古话。

路在前方，慢慢走，慢慢写。

牛海堂，兴山（昭君故居）人，
湖北省作家协会会员，小说见于《山
花》《青年作家》《湖南文学》《长江
文艺》等刊，另有随笔在报端发表。

边绳儿的文学梦

韩玉洪

一

文学梦是我小时候就深深种在心里的梦。

我是在宜昌港务局（现为宜昌港务集团）子弟小学上的学，学校在红星路。我读了个完整的小学三年级就遇到"文革"，学校关门。我十来岁便开始当边绳儿，即帮别人拉板车，一拉就是三年，走遍了宜昌的大街小巷。那时宜昌的街道没有一处是平直的，不是上坡就是下坡。拿云集路来说，现在云集天桥的桥面，就是云集路的坡顶，市卫生幼儿园进门的操场就是当时云集路的高度。所以，一个人拉板车非常吃力，必须要一个边绳儿在旁边加力。他们说，一个鸡公四两力，增加了这点儿力，板车才拉得动。宜昌有很多我这样的边绳儿。

刚开始，我人还小，帮着拉了一天边绳后，天黑时车主老人拉空车回家，就让我坐在车上。我穿短裤，打赤膊，赤着脚，蜷缩在车厢尾部翻来翻去，浑身黑乎乎的。板车拉什么，我脸上身上就裹什么灰末，比如红砖灰、青砖灰、水泥灰、白糖末、红糖末、白面粉、粗砂、瓜米石灰、鹅卵石灰、煤炭灰等等，常常搞得鼻儿青脸儿乌的。由于天没亮就出了门，累了一天，在颠簸的板车厢里很容易睡着。那时最大的愿望就是买一双解放鞋，免得一天到晚打赤脚走那么多的路。夏天中午赤脚走在青石板路上，烫得人没法；走在沥青路上软绵绵的很舒服，但把沥青踩破了，不仅烫得很，而且还粘一脚黑，不好洗。可是，一直等到冬天了，才给我配备了解放鞋这个拉车的装备。运气好，还会配备遮耳帽和帆布手套，那整个人就兴奋起来了。

有个夏季的傍晚，车主老人拉空车从民主路回九码头，我蜷在车尾睡着了，突然被一阵声音吵醒。我睁开眼睛一看，慢行的板车周围挤满了大人小孩儿，他们一边跟着板车走，一边说："这个小娃儿好造孽啊！浑身是灰。肯定是一个没得妈的儿！"还有的说："这个小娃儿懂事早啊，长大了一定有出息！"我连忙坐起来，从车的尾部蹦下地，失衡的板车车把突然往下一低，把车主吓了一跳，围观的人也散了。从此，自尊心强的我再也不坐到空板车上，有时还帮着车主拉空车，以便车主卷叶子烟抽。

拉边绳儿的闲暇时间，我将工人们偷偷收藏的《三国演义》《水浒传》等书籍借来看。为了不影响家人晚上休息，我就在候船室或是躲在路灯底下看，一看就迷上了，爱不释手。书里的人物和世界让我好奇，写书的人更让年少的我从内心产生向往和崇拜之情。

我现在有时还梦见在云集路顶上拖板车冲下坡，那个坡如果冲得好，可以冲好几里，一直冲到胜利三路；有时也梦见板车的下滑速度太快，我人小，力不从心，板车飞起来一般不可控制，几乎要撞上迎面而来的车，结果我被惊醒了……那些难忘而艰辛的日子，虽然劳累，但给了我最扎实的生活磨炼，也让我独自沉浸在阅读的世界里，萌生了向着文学王国飞翔的梦想。

那时候，我四处向人借阅书籍，囫囵"啃"着中国古典小说经典，下雨不出工的时候就到书摊上看娃娃书，一分钱借一本，我几乎将宜昌城区所有的书摊看了个遍，遇到喜欢的图书往往会读上好几次，如痴似醉。正因为书籍来之不易，再加上借来的书阅读时间有限，所以我特别珍惜阅读的时光。潜移默化中，我渐渐地爱上了文学，爱上了充满想象力的文字、图画和歌谣，爱上了故事，爱上了传说中与现实极不相同的五彩斑斓的世界，为自己励志长大当作家打下了基础。

二

青年时期，我下乡去当阳县（现为当阳市）王店公社两年。其中，担任公社宣传队队长一年，负责文艺节目的创作。宣传队住在王店灯塔大队曾会计家。湖北省歌舞剧团到当阳蹲点扶持，我所在的宣传队是他们定点扶持的地方之一，我们和省歌舞剧团的演员、编剧在一个锅里吃了好几个月饭，到现在还保持着联系。我在宣传队创作了独唱歌曲《泥巴腿子当作家》，自编自演，受到了欢迎，歌词发表在湖北省群艺馆编辑的《湖北土地新歌》。这是我第一次发表作品，一发表就上了省级刊物。到现在，还有当阳老乡会唱这首歌。他们说，我是第一个把玉泉山、长坂坡和沮河写到歌里面去的人。

他们还说这支歌的开始是拖长腔调"哎"的，"哎"完了就是"玉泉山高，长坂坡长，沮河淌水哗哗响"。长坂坡就是赵子龙大闹的那个坡，沮河就是张飞把它吼得水倒流的那条河。

后来我入伍去当兵了，在高原，是测绘部队。新兵分配时，我被分到汽车连当司机，这是农村兵做梦都想要去的地方。可是我对连长说，我要到测绘一线，好了解情况进行写作，结果连长临时决定，把我的指标让给了农村兵。部队推荐我上测绘大学，我看专业不理想，也没有去。在部队，我业余写作一年多，全脱产一年创作电影剧本《无人区探险》。写作时拜甘肃省歌舞剧团编剧康尚义为师。康老师是歌剧《向阳川》的主创编剧，受到周总理的三次接见。文化界曾经有"南有《洪湖赤卫队》、北有《向阳川》"的说法，两个歌剧的影响都很大。

1979 年下半年，康尚义老师向电影《西安事变》的作者、西安电影制片厂（现为西部电影集团）副厂长郑重老师写了推荐我的信。这封信道出了我的写作历程，信的本身，也是一篇美文。

"郑重老兄同志：

"自兰州何府握别，至今又已数月，想阁下在兰州急就之大作，早已羽翼丰满，何日高飞，望暇时告我，以慰远念。说实话，'黄河啊！……'名句之余音，到现在犹在我的耳边回响。

"现有一事相托，请推情照拂。

"玉洪同志，是一位业余作者，南方人，聪慧，刻苦，上进心很强。他花了两年时间，在业余写了个电影剧本《无人区探险》，已经改过三稿了。从二稿开始，引起我州文化单位的重视，在全州创作座谈会和学习班上都讨论过。我和我们团里的同志也提过一些不成熟的意见。从这一稿看，尽管在人物刻画上稍嫌单薄，但不少人物都还各具特色。结构上还不够严谨，有跳跃性大、散和乱的感觉。但整个看来，人物和故事线还是比较清楚的。

"我们对电影是外行，玉洪同志也是初次写作。为了能听到你们这些电影权威的宝贵意见，小韩特专程带上本子前来求教。我给你写信的意思，想请你在百忙之中，能抽点时间给他看看，并认真地予以指教和帮助。即使这个剧本站不住，也请不要客气，把不足之处给他指出来，为他以后的写作做基础铺垫。知你一向对青年作者是爱护扶植的，特此绍介，望能以'爱屋及乌'的心情，给予指点为盼为来！顺此致礼！康尚义。"

我怀揣这封推荐信从兰州到西安郑重家里，被郑重安排在西影招待所修改剧本一个多月。郑重是西影厂分管生产的副厂长，工作很忙。当我想把修改好的剧本给他看时，得知他已到北京开全国第四次文代会去了。我找到郑重老师的爱人，也就是我的师母，知道了郑重老师的住处，便连夜坐上火车，从西安赶到北京京西宾馆，找到郑重副厂长。郑重老师说："你先在会议室里找地方坐一会儿，中午在这里吃饭，我有多的餐票。"就这样，我有幸旁听了全国第四次文代会，成为这次会议的见证者。

刘家峡电站的作家蒋老师说我北京一行，是"有人区探险"。蒋老师说得很对，我把文学当作探险，必然失败。从此，我复员回到南方，走上一条文学创作的艰难不归路。

三

转业时我希望到长航系统工作。因为，我最为钦佩的码头诗人黄声笑、工人作家鄢国培就在宜昌长航系统。但是，我被分派到了当时效益已经比较差的宜港集团某部门。

宜港集团有关领导看到我具体工作的部门效益差，就把我抽出来搞宣传，不给工资，拿双稿酬，即凭稿费单在单位又领一份较高的现金。所以，我只有拼命写作才对得起领导。稿费最低的一篇只有三角钱，是宜昌市交通广播台给的；最高的一篇七千字两百元，是《三峡日报》给的。这种状况延续了近十年，后来企业不景气，我又病倒住院失业。

生活如此艰难，我一度无力养家糊口，有时想起搞测绘的老战友，心里也曾泛起一丝悔意。他们中有的是宜昌市测绘大队的队长，有的是土地局（现为自然资源和规划局）的官员。这也说明，专业技术人员比文科人员更有前途。可是命中注定，我不能当司机，因为我时常发呆走神；我也不能成为测绘专业技术人员，因为我到了海拔几千米的高山雪岭，为了观赏和记录美丽的景色，时常忘记测量的最佳时机，而这个时机往往要等好几天甚至好几个月，气得同行恨不得把我从山顶推下去。但是既然选择了文学这条道路，再难，我也要坚持下去。

这些年，我在写作尤其是宣传所属辖区伍家岗区方面小有收获，仅在《人民日报》系列媒体发表宣传湖北宜昌伍家岗区的"广义文学"就应该不低于百篇。身体略为康复后，我参加了伍家岗区的一些文化资料的编写。伍家岗区政协文史资料两册约50万字，我是编委之一，我收录在此的文稿应该占六分之一，有的是用笔名发表的。《湖北伍家岗工业园区志》一书即将出版，我是三个编辑之一。同时，《中国民俗志·伍家岗区卷》也聘请我任编委，文稿中我撰写了一章，提供了饮食民俗、码头民俗等重要资料，我拍的一些照片也被采用了。我担任过西陵区果园文学社副社长，学习基层社区文学社团创建发展经验，并在伍家岗区推广。我还是伍家岗区宝塔河街道办艾家嘴社区党委委员，负责文化宣传。

本着一个文化人的初心和使命，我经常给宜昌市文化局（现为文化和旅游局）提出建议。其中，包括开放葛洲坝船闸景区、镇江阁大楼、天然塔，重建屈原雕塑，等等。市文化局领导深受感动，一致认为，我是对宜昌文化建设建议最多的市民。宜昌市委原副书记、市长马旭明曾到我家看望我，探讨宜昌历史文化，感谢我对宜昌文化所做的贡献，并奖励我两万元人民币。

这么多年，对于写作，我是"痛并快乐"着。如今，我已是湖北省作协会员。我创作的宜昌人民抗战题材长篇小说《西风烈》被湖北省作协签约，成为第二届湖北省长篇小说重点项目。为了写好作品，我不顾身体虚弱，多次深入宜昌沿江一带，乃至湖南相关各地，采访寻找，挖掘、发现日军在宜昌江南制造的惨绝人寰的屠杀。经过数年艰辛创作、修改，该小说更名为"铁血宜昌峡"，顺利通过湖北省作协出版，并引起樊星等知名评论家关注，获得良好的社会反响。

2018年，我成为中国作家协会该年度定点深入生活项目作家，创作的30万字长篇小说《川江谣》即将付梓。除此，我先后在《人民日报》《光明日报》等媒体发表文学作品 500 万字；160 多万字报告文学获 2012 年度"长江杯"网络文学大赛奖；《长江谣》荣登《延河》2019 年第 10 期中篇小说榜；出版有 42 万字科幻小说《鸽子花开》；25 万字报告文学集《让阳光照亮星星的世界》获第六届湖北文学奖提名奖；《禁地解码》获首届"八一杯"中国军事题材电影剧本征集评选奖并列入拍摄计划。

我一直坚持阅读与写作，同时，也热心宣传宜昌的人文历史、城市建设以及乡村发展。几十年如一日采写、拍摄，在各级各类报刊、网络平台发表新闻报道三万余条、图片新闻四千余幅。由于我的执着和勤勉，我先后被聘为人民图片网等网站的签约摄影师、宜昌市全民阅读推广人、宜昌市职工文学读书协会理事等。

从心怀梦想的小小边绳儿，到在宜昌江边摸爬滚打几十年的码头职工，再到写出一部又一部长篇小说的宜昌本土"码头作家"，我在文学的道路上历经艰难曲折，虽九死而不悔，依然坚强地向着文学殿堂的方向朝圣。

韩玉洪，湖北省作家协会会员、宜昌全民阅读推广人，出版长篇小说《铁血宜昌峡》《鸽子花开》等，获 2018 年中国作家协会定点深入生活创作项目扶持。

长江为何往南流

王新民

一个正常人，突然义无反顾去做一件从未染指，并不是很容易，且并不是非做不可的事，那一定是某个诱因激活了他潜藏已久的下意识。

我出生在父母工作那个县的金钱河畔，童年是在一个地图上找不到的小村庄度过的，至今仍存储在脑海里的记忆是，清澈若无的河水，神秘感满满的油坊，和永难忘的堰渠、火纸场、水磨坊。

这一切都是因为，小河萦绕村庄，作坊需要它做动力。

油坊里桐油、漆籽油、香油、棉籽油，无论哪种油，原料先得要炒熟、舂碎。管它能不能吃，那个香味随风飘哦，连大人都禁不住诱惑，更别说饥肠辘辘的孩子们了。衣食无忧的今天，你根本体会不到，垂涎欲滴是怎样的一种煎熬。

炒熟的漆籽骨盛在大腰盆里，打油匠并不在意谁偷偷抓几把揣进衣兜。大家都在挨饿。可是这东西好吃难消化，挤在肛门里怎么也拉不出，面黄肌瘦的汉子憋得仰天长啸，情形恐怖至极。

漆籽油也不堪吃，因为它粘筷子。但是，还是吃。百姓锅里没油。漆籽油的用途一是浇注蜡烛；二是送到收购站，换回咸盐钱。

制造火纸是个一条龙生产过程。各生产队送来的竹竿，俗称"竹麻"，先要在水碓上舂破，然后一层竹麻、一层经石灰窑煅烧过的广子石，整整齐齐码放在池塘里。码放完毕，放水浸泡。这是个被大一两岁、见过场面的玩伴夸大了的情节。烧过的广子石遇水开裂，产生的轰鸣声和烟雾升腾，是一穷二白年代孩子们难得一见的盛况。浸泡腐蚀几月后的竹麻，经过漂洗、晾晒、捶绒、制浆、捞纸、压榨，方得成纸。火纸场也做皮纸，法门基本相同。

成型的火纸一沓沓摆放在树下晾晒，则是另一番情趣。压住火纸不让风吹跑的是黑火石，两石互击能产生火花。夜晚实在没啥可玩了，伙伴们便咣叽咣叽击火，屋檐下，柴垛旁，火花与咣叽声遥相呼应。

物资匮乏年代，一切都值得珍惜，包括精神食粮。

县电影队、县剧团常年周游全县，到乡下放电影、唱戏。电影片子不多，去年看过今年还放，乡亲们依然来回几十里地追着看。像什么《神秘的侣伴》《槐树庄》《丰收之后》《李双双》……看着看着，男孩长大了，女孩出嫁了。而《穆桂英挂帅》《柜中缘》《长坂坡》等，则是县剧团的保留剧目，是山沟百姓一年的期盼。

小学四年级时，我家搬到了公社所在地。那里有个染匠，大女儿在读师范院校，家中许多的娃娃书和儿童读物，如《宝葫芦的秘密》《木偶遇险记》，以及订阅的报刊《中国少年报》《民间故事》等，都归了她妹妹文秀。当我发现了文秀的"宝藏"，便竭力与之建立友好关系。下河洗衣裳，我帮她捶皂角；烧染布大锅，我帮她抱柴火。结果是,她家藏书的任何一本,我想看几天就看几天。要不是文秀比我大,说不定会成为我媳妇。

到小学五年级,我被允许读家里的"大部头"。记得那一天,我翻开一本砖头厚的《红旗谱》,"平地一声雷,震动锁井镇一带四十八村,狠心的恶霸冯兰池,他要砸掉古钟了",开篇这朗朗上口的一段,让我发现了比娃娃书更令人神往的天地。上初中前已经把家中的《播火记》《红岩》《红旗插上大门岛》《敌后武工队》和几本《红旗飘飘》等红色经典囫囵吞枣了一遍。上初中后,学校有图书室可以借阅,读来十分拗口的外国小说,《牛虻》《青年近卫军》《易北河畔的密窟》等也硬着头皮啃过几口。

不久的后来,许多引人入胜的文学作品成了"大毒草",我也变身知青上山下乡了。

被称作"老三届"的这拨人里,年龄越小,读书越少。我1965年9月上初中,12岁;1968年10月"插队落户"。正经书只读了个初一,连一元二次方程都不会解。

1970年,我以知青身份被招工到三线建设工地,隶属水电部第十工程局,成为产业工人队伍中的一员。1974年,葛洲坝复工前夕,党中央举全国之力,调集水电站线精兵强将奔赴葛洲坝,我来到了我的第二故乡——宜昌。

并非自我表现,而是意识形态领域里的革命需要。我站在条形长木椅上,手持一本工农兵画报,另手拿根炭铅,在已经贴好大白纸的墙上临摹周恩来标准像。当时我刚从技校分配到机械分局,见队里办专刊没人画刊头,便自告奋勇。"纪念周恩来总理逝世一周年"元旦专刊办好后不久,我从电铲队被调到宣传部当美工,后转干。

复工后的葛洲坝逐步走上正轨,文化建设也相继完善,职工美术创作一度蜚声全国。在工程局文化科,我初次接触美术创作,从分不清画种,到国画、油画、连环画、版画都涉猎,至今不忘初心。

机缘使然。一个春天,我在旧书摊上淘得一本《不要当作家》,作者周洪,广西民族出版社1994年出版。这本书是过来人的经验之谈,行家手里的真知灼见,诲人不倦的谆谆教导。直白说就是告诉读者,怎么样才有可能成为一名作家。我拿到这本书就像张无忌得到"九阳真经"。读一遍后如获至宝,读完三遍,自以为窥探了文学创作门径,写作的冲动油然而生。

俗话说"人过三十不学艺",但强烈的尝试欲望使我夜不能寐。已经不年轻的我,一头扎进了文学。

写作,最先遇到的问题是写什么。至于怎么写,当时还没概念。

写什么?当然写自己最熟悉的人和事。首先想到的是,消耗10万人20年岁月的葛洲坝。可是葛洲坝,大工地,大场面,大手笔,我就像老虎吃天——无处下口。

金庸先生曰:"我的作品文学价值不太高。但是最大的好处是我会讲故事,把一个故事讲得非常动听,能吸引一些读者追下去看。"

而我,只有读小说的兴趣,没有写小说的经历。

我是否具备讲故事的天分呢?我决定先练练笔。

经过雷厉风行的打熬,同年,处女作,万字短篇小说发表在《中华传奇》,这无疑给予了我雪中送炭般的鼓舞。此后,长、中、短篇交替进行，"打一枪换一个地方"，完全没有章法，练笔三年，完成近百万字。其中，中篇小说《郧北大地》入选《湖北网络文学选》；40 万字幻想类长篇章回小说《尘世传说》签约当时的搜狐原创；30 万字长篇乡土小说《清清仙河水》在某网站连载，受到故事发生地文化部门青睐，崇文书局 2013 年 9 月予以出版。

至此，我对葛洲坝这个题材才算有了比较清晰的想法。2013 年年底，《果园文学》创始人刘小平老师向我约稿，题材不限，体裁小说，15000 字内。这回，我没有丝毫犹豫，笔尖直指葛洲坝，短篇小说《产业工人》一气呵成，《果园文学》2014 年春季刊用，同年载入《湖北工业题材小说选》，后在《江河文学》发表。

也是这个时候，湖北省作家协会发出《第二届湖北省长篇小说重点扶持计划选题招标公告》。

《产业工人》是一段白描式文字，涵盖了我对葛洲坝这个题材的基本构思。经过整理，成为大纲，暂命名"三三零"，投标省作协扶持项目选题。2014 年 6 月，省作协网站公示招标初评结果，有幸入围；9 月参加终评答辩会，答辩的内容是我想要在这部作品中表现的意向。

与我这个年纪不相上下的人都很幸运，过了几乎一辈子没有战争的生活。对于一个作者，尤其弥足珍贵的是，经历，或者听说过一些离自己很近、很严肃、很重大、很富戏剧性的事件。比如，人民公社，插队落户，三线建设，粉碎"四人帮"，价格双规制，港、澳回归，土地联产承包责任制，下岗，国企改制，等等。

就像一个家庭，任何事，无论开心还是难过，都是难以忘怀的。

葛洲坝建设者所经历的，正是这样一个翻天覆地的大时代。

工人阶级是国家的领导阶级，这是由宪法规定的。从 20 世纪五六十年代走过来的人都不会忘记"工人老大哥"这个家人般的亲切称呼。但是后来，说出口来竟像是"九斤老太"一样令人哭笑不得。

在我们湖北，早期的几座水电站，如丹江口、黄龙滩、葛洲坝、隔河岩等，无不是产业工人在落后的生产方式下，用"革命加拼命精神"创造出来的奇迹。

随着改革开放的深入，一方面，国家在农村实行土地联产承包责任制、乡村城镇化、免除农业税、种粮直补等一系列政策，使得农民的社会地位、经济生活得到大幅度提升。另一方面，科学技术的高速发展，使生产力逐步向先进的生产方式转变，国企改制、经济体制转型、农民工进城，使产业工人的队伍规模、社会地位、经济待遇逐渐萎缩。工人、农民，一降一升，反差巨大。这种改变是历史的必然。但是作为个体，却要承受难以承受之重。

投身"万里长江第一坝"时，他们二三十岁。到 2014 年 9 月，我在省作协参加答辩，时间又过去了二十年。"乡音无改鬓毛衰"的他们，经历了些什么？日子过得怎么样？葛洲坝人有太多的故事、太多的感受、太多的酸甜苦辣，但是这些，除了他们自己，还有谁知道？

作家余华有段话：作家的使命不是发泄，不是控诉或者揭露，他应该向人们展示高尚。这里所说的高尚不是那种单纯的美好，而是对一切事物理解之后的超然，对善与恶一视同仁，用同情的目光看待世界。

我准备就这么写。

选题终评答辩获得通过。

这回，得想想怎么写了！

马悦然（1924—2019，瑞典著名汉学家，诺贝尔文学奖18位终身评委之一）在谈到中国文学时说："中国现在宽松的环境和气候非常有利于作家的成长。要写自己喜欢的东西，写出自己的特色，绝不要去学某个大家。最重要的不是风格和流派，只要它是好的文学作品，有文学价值，这就行了。"

这观点，与周洪的"不要当作家说"，异曲同工。

我理解：写作如同做人，需老实厚道，写自己的感受，说自己的话。

俗话说"量体裁衣"。选题想要表现的是，葛洲坝工程建设历程和处于大变革之中产业工人的生存状态。然而对于时代而言，普通工人的命运纠葛，并不是一篇波澜壮阔的大文章。因此我决定大胆采用以下结构形式。

第一部分，也就是第一章，提出一些贯穿通篇的话题，从而引出一部水电建设史话；第二部分，全方位展开第一章提出的话题；第三部分，主要是最后一章，给所有的伏笔或者悬念一个说法。

各部分之间没有明显界限，也不一定按时间顺序叙述。语言追求朴实，说的都是土话；情节比较跳跃，但求有点意思。一会儿是黄龙滩，一会到隔河岩，忽然又跑到了丰满电站。话题最终还是回到了葛洲坝，因为，这里是葛洲坝人的家园，中国水利水电集结地。人物刻画上，每个人都像他自己，每个人都有故事。就像几个退休老哥们儿在葛洲坝公园里话当年，聊着聊着跑题了。往哪儿跑？聊天跑题，通常是往关注度最高、最有意思的地方跑。采用这种结构和叙述方式，是企图通过老一代产业工人的经历，尽可能广地展示一幅我国水电建设全景式画卷。

当我确定用长篇小说来写葛洲坝时，无论"产业工人"还是"三三零"，都不是我想要的书名。写到第十一章：吕茴香千里寻夫一直找到防淤堤，跟丈夫一起抗洪抢险一天两夜。洪水退去，农民妻子和她的工人老大哥丈夫，在草包垒砌的长堤上做起了最浪漫的事，直到这时，作品名儿才豁然闪现！

长篇小说《你看长江往南流》，长江文艺出版社 2018 年 2 月予以出版，9 月获宜昌市委宣传部文艺精品项目扶持，2019 年 12 月获工信部工业文学大赛长篇小说推荐奖。在没有任何关系、门路的情况下，半路出家投身文学的我，不自量力地申报、写作，到出版，得到了省、市、区各级宣传部、文联、作协等主管部门和工信部的认可、支持、嘉奖。说明，长江是可以往南流的！

写作，是另一种形式的交流。将所见、所闻、所思，用尽可能讲究的字词句写下来，给人看。这就是文学。

看娃娃书，读小说，刷大标语，画宣传画……冥冥中，都是功课。

写作是件愉快的事。语言讲究，是尊重读者。如果犹豫，或者表述不尽兴，我会到江边林荫道踱步。这时候，我一点也不感到沮丧、痛苦、难耐。一旦豁然开朗，便快步回去敲击键盘。长江往哪儿流？任凭造化，无须用心。

凡是河流，都可能改道。

凡是有人群的地方，一定有艺术家。

难忘庚子。感谢宜昌市职工文学读书协会，为这空白的一年添一笔记忆。

王新民，湖北省作家协会会员，葛洲坝集团二公司文化干部，出版长篇小说《你看长江往南流》《清清仙河水》。

吾心永恒

杨启福

　　我十多岁时开始干农活，经受过不长也不短的饥饿。同时，精神食粮也奇缺，几乎没有见过文学书籍，即使小人书也难得看到，能与"作家"沾边纯属机缘巧合。

　　文学创作需要博览群书。我很幸运，从儿童到少年，生活较苦，但没有精神压力。20世纪70年代初，全国兴起学哲学的读书活动，父亲隔三岔五地把一些政治读物和大量哲学书籍带回家给我阅读，大多为马克思主义哲学、政治经济学和有关国家学说。我先后阅读完《反杜林论》《国家与革命》《资本论》，还有几本西方古典主义哲学书籍。父亲为了让我读懂这些"天书"，从日常生活常识入手给我讲解唯物主义、唯心主义、可知论、不可知论等哲学的根本理论，向我讲解何为世界的本原，还有对立统一规律等，启发我努力掌握这些世界观和方法论的基本原理，踏上社会后全心全意为人民服务。于是，我对哲学产生了浓厚兴趣，虽然迄今都没有真正掌握哲学的精髓，但亚里士多德、黑格尔、尼采、柏拉图、康德等哲学家关于理性思辨的学说，对我审视世界、认识人生起到了启蒙作用。

爱好写作的人大约都喜欢看书。20世纪70年代初起，我的姑父每年从部队回家探亲，总会三本五本地给我带回欧洲文艺复兴时期的文学书籍和高尔基、司汤达、巴尔扎克等批判现实主义作家的代表作以及鲁迅、老舍等人的作品。我如饥似渴地阅读，常常被书中的悲欢离合搞得流泪。为了得到想要的书，我还做了一回盗贼，顺手牵羊拿走发小李启端（曾任枝江市委宣传部部长）先生的马赫著《感觉的分析》、海克尔著《宇宙之谜》。四十多年后，我才向他负荆请罪。

在我读高中前后，当时流行的中外名著我阅读了大半。虽然不能抵达"饥以当食，渴以当饮，诵之可以当韶護，览之可以当夷施"读书之乐的境界，但作品中的人物命运令我躁动不安。在我看来，哲学和文学有许多相通之处，主要体现在理想创造的同一性。虽然不懂哲学和文学作品有什么社会功能，也不懂作家到底能改变什么，但对作家爱憎分明的立场总能产生共鸣。所以，我最终没有按照父亲的想法走仕途，而是选择当一名普通工人，痴迷上文学，做起了作家梦，且有一种"感觉自己就是偶像本身"的自我崇拜，并享受到快感。

文学创作要有坚定的意志。20世纪五六十年代出生的人，对欧洲文艺复兴时期和苏俄现实主义作品接触较多，包括雨果、托尔斯泰、高尔基等人的作品，书中的人物形象、思想内涵早已深入骨髓。可以武断地讲，我们这几代人正是通过阅读他们的作品，才触发对作品中人物命运的同情、对作家善良之心的敬畏、对人性的思考，继而滋育出坚定的家国情怀和历史使命感。即便缺乏文学的独立思考，甚或还带有盲目崇拜，也倍感骄傲，这并非阿 Q 精神。因为，是文学让我们从无知到认知、从天真到成熟，也使我们的心胸变得开阔、眼光变得高远、心灵变得美丽。当然，文学的社会功能远不止于此，它还是普照人间灿烂而温暖的太阳。

1975 年，我高中毕业回乡，先在湖北化肥厂建设工地参加了一年的建设，后在新场公社共青总支担任通讯员。其间，放弃李裕禄前辈（曾任枝江县政府办公室主任）安排我到新场拖拉机站当秘书、到农业学校读书的机会，执意要当一名纺织工人。1977 年 8 月，机会与我终于不期而遇，我被招进宜昌地区棉纺厂，但被安排在科室，先后在厂办公室、组织科当干事，同时担任厂团委常务副书记、枝江团县委委员。1979 年，我 22 岁，约在当年 4 月，与我同时招进厂的苏开美等三位同事被调到宜昌地区行署机关工作，我被调到枝江县（现为枝江市）劳动局（现为人力资源和社会保障局）工作。我极不情愿与"工人"失之交臂，在劳动局上了一个星期班，未办理调动手续，就跑回了棉纺厂，放弃了"人往高处走"的机会。厂长王国相前辈问我："小杨，在政府机关上班不好吗？跑回来干啥？"我答："在机关上班不习惯，还是回来好。"当年 11 月，厂领导安排我带领刚招工进厂的 90 余名细纱车间女工到襄樊（襄阳）棉纺织厂培训，我心想这挺好，可以边带队边拜师学艺。三个多月的培训结束回厂后，我满以为会留在车间，结果仍让我回组织科。于是，我向厂领导递交了下车间当工人的报告，王国相前辈问我是什么原因非要到车间不可。我说："到车间当工人，一是学本事；二是体验生活，将来要当作家。"

平时，厂领导知道我喜爱写作，但怎么也没有想到我会做出"惊人之举"。他见我无可救药，答应了我的要求，放我到细纱车间做了保全工，附加条件是，兼任车间政治指导员，旨在将我捆住。我明白，这是他对我政治上的关怀。

因文学梦，当初我近乎失去理智，实属荒谬。所以，在1984年厂领导调我回办公室工作时，我摆正了自己的位置，兼顾好工作和写作，利用办公室平台，积累素材，拓宽知识面，提高写作高度。

文学创作是对人性的思考。最初萌生当作家的想法，源于雨果的《悲惨世界》，它让我莫名其妙地对芳汀产生了悲怜，对冉·阿让和沙威产生了敬仰。还因为老舍的《月牙儿》，平淡的叙述，句句扎心，眼见的母女二人随不公的命运走向绝境，让人窒息。这大约因为人类的爱或者恨，只有靠文学才能完成最深刻、最形象的呈现。我问自己，将来是否也能写出有震撼力的小说呢？

20世纪70年代初，我刚上高中时，父亲在老家枝城古镇的发小，我叫他邓大爹的，从枝城到枝江做爆米花生意，借宿我家。他挑着爆米机，奔波在问安、江口、七星台等地，早出晚归，走乡串户给人爆爆米花，爆一锅一角钱，一天忙活下来，像从煤堆里钻出来似的脏，仅为挣一点零用钱寄回家。如果遇到雷雨天气不便赶回，他只能风餐露宿，用开水泡一点米花充饥。借宿我家近两年，没有见他穿过棉鞋。他身材高大，我家没有一件衣服他能"捡旧"。有一次，他戴着老花眼镜，在本来就补丁挨补丁的衣服上继续缝缝补补，不注意手被针扎出了血，我四处找煤油给他止血，他不让找，随即把手指放进嘴里，猛地吸出一口血水吐出来，算消毒止血了。这一举动让我对他的身世产生了兴趣。

他上过正规旧学堂，大约天分不好，处处受挫。沦落到如今境遇的他，没有一点忧愁，总是乐呵呵的。如果遇到雨雪天气不能外出做生意，晚上他就教我写毛笔字，给我讲故事，时不时弄上几句之乎者也，纯粹一个礼贤下士的夫子。打这以后，我对布料上的经纬如此机巧产生了好奇。心想，将来要是能当一名纺织工人，多为人们生产布匹该多好啊。

因为爱或者恨，也因为躁动，十年后的 1989 年，我写了爆爆米花的邓大爹（小短篇《雨夜》），当年 5 月，参加武汉青年作家协会举办的"黑马杯"业余文学大奖赛，没想到得了个小说类三等奖，还应邀到汉口前进四路参加大赛评选揭晓新闻发布会及授奖仪式。意外的惊喜，使我信心倍增地走近文学，不分日夜地写作，在文学道路上奋力追逐。当年 6 月，包括刘醒龙、邓一光先生在内的湖北省部分中青年作家、文学爱好者五十余人汇聚宜昌参加《芳草》杂志社举办的笔会，我的短篇小说《天国之梦》幸运地通过终审，拟定当年第 9 期发在《芳草》头条。在庆功宴上，我被灌得酩酊大醉。这次笔会以后，时任《芳草》编辑部编辑的田天先生成为我的良师益友，他鼓励我多阅读中外优秀名著，尤其是中国 20 世纪二三十年代的小说要着重花时间阅读，从中汲取人物刻画和典型塑造的技法，推陈出新，努力超越，还就报告文学的写作给予我许多具体指导。

20 世纪 80 年代末至 90 年代初，我偶尔成为《三峡晚报》《宜昌日报》（现为《三峡日报》）等报纸的约稿作者。1989 年 12 月，《宜昌日报》发表了我的诗歌《故乡的小河》，居然收到几封文学青年的来信，对我表示祝贺和鼓励。1992 年 10 月 30 日，短篇小说《红屋往事》在《三峡晚报》发表，得到评论家李才俊先生撰文评论。这些都让我感受到文学的快乐。于是，我下定决心要努力写出更多、更好、令人们喜闻乐见的作品。20 世纪 90 年代初，我的创作出现了一个小高峰，先后在《三峡晚报》《三峡文学》《青年文学家》等发表小说二十余篇，写我熟悉的工厂和工人生活，如《并非四川佬的故事》《接班人》《同学会》等。其中，《榫头》获《宜昌日报》(现为《三峡日报》)"金山杯"小小说竞赛二等奖。同时，我努力拓展创作视野，关注凡俗人生，针对改革开放深入时期不少人的迷茫无助，创作了《天国之梦》《那天晚上》《隔着一条江》等小说，为失意者宣泄内心的积郁。同时，1992 年反映赌徒生活的短篇小说《松子》在《长江文艺》兴山笔会上成为热点，成为笔会两篇被终审的稿件之一。

我曾学习作家阿城先生作品云淡风轻的主题思想，欣赏作家陈应松先生方言土语的运用，还试图模仿作家白先勇先生作品富于历史兴衰和人世沧桑感，但始终达不到哪怕是比较接近的高度。迄今为止，我没有写出一篇称得上脍炙人口、有影响力的作品，但这并不意味着我的作家梦是失败的，因为，我努力了。

文学创作需要有一颗忠诚之心。我参加两次笔会的作品，称得上可圈可点，但均因故未刊发出来，让我尝到了万念俱灰的滋味。不久，我所在的企业每况愈下。1993 年初，我正要寻找生活出路，被一家报社要走当了记者。此后，我对文学仍依依不舍，并以多写报告文学的方式尽量保持一点文学语言。八年记者生涯，我先后在

《三峡晚报》《工人日报》《精神文明报》《中国青年报》《三峡文学》等报纸杂志发表报告文学三十余篇。20世纪末筹办出版第一本报告文学《藏起来的梦想》（2002年大众文艺出版社予以出版），而与小说创作已渐行渐远，直至背叛。正如张永久先生批评我那样："再多的客观原因，归根结底是你自己的文学意志不坚定！"

是啊，我的文学意志确实不坚定，在顺境时是文学的虔诚信徒，而在逆境时，选择投降，这跟亵渎文学有什么区别呢？坦诚地讲，我并非现在才有所悔悟。

2001年，因广告创收无能，我从报社调回枝江工作，把装满四组书柜的文学书籍当废纸卖掉了大约80%，满满一板车书仅换得300多元钱，书柜改成了摆放坛坛罐罐的博古柜。回枝江后，我先后在环境保护局（现为生态环境局）从事文字工作、环境监测站从事监测采样和项目分析工作、环境监察大队从事环境执法工作。至2012年，一眨眼的工夫，我与小说创作已分手19年。在这段时间里，我又何尝不是"身在曹营心在汉"呢！

2012年初，时任枝江市作家协会常务副主席的宋东升先生，数次做我的思想工作，希望我重归文学"苏莲托"，为繁荣枝江文学创作做一点工作。"苟有诚信，金石为开。"我被他的真诚和他对文学、文化事业的执着、热爱、追求、无私精神所感动，于是归队。当年4月至8月，湖北作家网举办迎接党的十八大全国诗歌征文大赛活动，共收到诗歌作品1100余首。我满怀激情参赛，写了一首歌颂税务工作者的长诗《风雨同舟》，成为80首入围诗歌作品之一。这算我归队后给朋友们的一个小小的见面礼。

　　因落伍多年，我一度找不到写小说的感觉，困惑颇多，最大的困惑是文字成熟度不够和人物形象塑造平面化。我一边寻找阅读支持，努力寻找感觉，一边规划构思，创作新作品，同时积极参与枝江市作协采风、文学创作活动。2018—2020年，实现了一年出版一本书的奋斗目标。

　　第一本书是中短篇小说集《隔着一条江》，2018年4月由团结出版社出版。该书选录了20世纪90年代之前和进入21世纪后发表和创作的19篇小说，大都写的是普通人的生活、命运，弘扬人格自我完善和自我升华。

　　第二本书是长篇小说《走过冬季》。该书以2008年汶川大地震、国家第一次污染源普查为大背景，以长江大保护为主题，坚持以人民为中心的创作导向，坚持思想性与艺术性相统一，以批判现实主义的笔触剖析了一个农业县在经济转型时期环境保护与经济发展之间、自然生态与人文生态之间、金钱与信仰之间、人治与法治之间的矛盾冲突，呼吁人们保护好我们共同的家园。2008年开始积累素材、构思，2016年开始创作，2018年完稿，2019年3月由湖北人民出版社出版。该书获得宜昌市委宣传部2019年文艺精品生产扶持项目扶持，先后有李兴阳、李鲁平、丁良卓、胡维涛等老师撰文点评。

　　第三本书是报告文学集《泥泞留痕》。该书2012年着手创作，2019年完稿，2020年10月由团结出版社出版。该书第一部分主要反映枝江地区有一定代表性的底层人民的劳动生活。其中，长篇报告文学《百里洲之恋》是有关新型农民成长的励志故事。第二部分以"传承英雄人物红色基因"为主题，长篇报告文学《从渔民到检察官》塑造了以朱玉衡为代表的一批英勇不屈、舍身为民、信仰至上的革命者群像。

以一颗虔诚的心敬畏伟大的文学，感谢支持我的老师及朋友们！

文学，我的情人，"岂曰无衣？与子同袍"。吾心永恒，与你携手终老。

杨启福，中共党员，湖北省作家协会会员，环境工程师，20世纪80年代起发表作品，出版作品《隔着一条江》《走过冬季》《泥汀留痕》等。

因为美，所以喜欢

朱光华

在一个万籁俱寂的月夜，没有一丝风，也听不见蝉鸣，父亲与我们在门前的场地上纳凉。那一晚，天空繁星点点，月亮高挂，我们不知怎么聊起了月。父亲说，那上面一条长长的是桂树，吴刚和嫦娥很要好，经常因为相恋而疏于职守，玉帝知道后罚吴刚砍伐桂树，但每次要砍倒时，桂树就合上了，那怎么砍得断呢？父亲绘声绘色的描述给神话故事披上了神秘色彩，我仰望着当空的明月，百思不得其解，被深深地吸引了。

这应该是我童年上的第一堂文学课，教师是父亲，教室则在家乡老屋的门外。我的内心满是好奇和困惑，也对自然充满了兴趣。父亲不知道，他不经意地一讲，会给他的儿子播下文学的种子，让他后来对自然天象好生敬畏。

幼时，家中没什么书，有的都是那种配有插图和文字的小人书。每当独自在家，没有家务需要帮衬时，我就随意拿起一本坐在老屋的门槛上读。院坝边是乡镇简易马路，对面是一片柑橘林。老屋坐落于乐天溪镇中心地带，不时能听到铁木社传来的锯木声、打铁声和养猪场的猪叫声。我沉浸在小人书中，无意注视水井湾、后街下河挑水的人们，却对《小兵张嘎》《铁臂扫群奸》《鸡毛信》等情有独钟。我为小羊倌担心，如果鸡毛信从羊尾巴里掉出来咋办？胖墩墩的张嘎子力气真大，居然能打败翻译官！要是我有一双铁臂就好了。

这样看书的时候，偶尔会不经意地瞥对面，看父亲是否回来。父亲在县航运公司机动船上工作，多是跑长途，回家的次数屈指可数。父亲回到家，是一家人最幸福的时光，母亲的脸上洋溢出亮色，兄弟们放学回家总是特别欢快。父亲会带回很多好吃的油炸点心和小人书，还能到乐天溪里钓回各种鲜鱼，生活会好很多。我自然十分盼望父亲回家，不时凝视柑橘林他回来的行走路线。

父亲带回的书籍随我们长大而发生了变化，他开始带回几本《自然之谜》。那是那年月比较出名的科普书，上面全是天文地理、奇珍异事、百慕大、飞碟、外星人和金字塔，一篇篇文章满足了我幼小的好奇心。以至于长大至今，我依旧对天文充满了兴趣，平行世界、黑洞、暗物质、虫洞理论总是令我夜晚入睡时冥思苦想。

故乡是一个贫穷的小镇，坐落在长江边，物质稀少却不缺玩伴，家家都有好几位兄弟。大街小巷、江边溪沟是孩子们的天堂，他们整天三三两两东游西逛，我因为照顾老幺，玩耍得很少。每天上午八九点钟的时候，我就开始摇晃老幺，只为早点将他哄睡后偷跑出去。我抱着老幺，坐在那种家家都有的木椅上，让椅背靠着墙，通过双脚蹲地、身子后仰产生晃动，通常半小时左右老幺就睡着了。我立马将他放到床上往外跑，每次跑过马路对面不远时，身后就传来了啼哭声，只好又跑回来。由于带老幺的关系和孩童爱玩的天性，看书的时间很少。

真正爱上读书是在学生时代，每年春秋开学后，心中便涌起了对新书的渴望。终于领到新书后，立马翻看起语文书来，看上面写了什么、插图有什么。

后来，不仅对语文如此，地理、历史、政治等也一样，总是先睹为快，在极短时间内就浏览完毕，随后就无所事事。如同一个爱钓鱼的人在钓鱼的季节天天下河，过足了瘾，之后忽然无鱼可钓感到空落。至于作文，是最让我头痛的事，不知怎么写。每次作文本发下来后，里面总是打上了几个大叉，得分也很低。

因此，我的读书从一开始便是囫囵吞枣贪多求快。阅读较多的是报纸杂志，长篇几乎一本未读。四大名著偶尔遇到，也是随意翻看为之。读的第一部长篇是刚工作不久的 1985 年，不知怎么读到了一本爱情小说，兴致盎然地一口气读完后，晚上看电影时仍兴奋不已，滔滔不绝地向同事宣讲，唾沫四溅，全然忘了看电影。

20 世纪八九十年代，中国社会经济进入起步期，各种报刊如一夜春笋，齐刷刷地冒出来，令人目不暇接，杂志成了全社会的广泛读物。各单位拿出一定资金鼓励职工订阅，每到投递之日，五颜六色的刊物充斥在机关企业的收发室里，令人赏心悦目，陪伴了工人们的日日夜夜。

我是 1985 年到水电站工作的，由于我们家是双职工，每年都会订阅不少刊物。《散文》《杂文月刊》都订过，更多的是适合青年人的读物，诸如《青年时代》《人生与伴侣》等。工作不久，我被推举为团支部宣传委员，负责办黑板报，几年后再被推举为工会委员，依然搞宣传。那时，特别羡慕单位一同事，据说他在县电台发表过新闻。

老大、老幺大概在 1985 年开始文学创作。每次一见面，兄弟俩便蛊惑我提笔写作，但我自感文学底蕴不足，总不在意。心里想的却是，年轻时该干点别的，创作是四五十岁以后的事。三兄弟在一起时，他们总是将文章拿给我看，让我提提意见，或者讲某篇文章写得好，让我拜读，偶尔也谈点文人圈子的事。受他们影响，《小小说选刊》成了我阅读的首选，每次去县城总要逛逛邮局、报刊店，买几本回单位翻看，从没想到，有一天我会提笔写作。

20 世纪 90 年代，共青团宜昌市委创办了《三峡希望报》，文艺栏目众多，新奇的文字深深吸引了我。1994 年的一天，我在市里亲戚家无意间阅读到一则黑色幽默的寻人启事：兹有光输省铣县地区的钱输光同志在长城边搬砖时不慎走失云云。忽然大笑不止，一下触发了我的创作灵感。回到山里后，每日空班我便伏案写作，从此走上文学创作之路。

当初创作，连基本的小说、散文体裁都分不清，想到什么就写什么，不管是什么内容，写好后立马投递，有时一星期外出好几趟。每次投递，需骑自行车到三十里外的镇邮局，投递后再赶回上班。乐天溪镇幺棚子村到沙坪乡石洞坪村全是清一色的沙土路，一下雨，道路便成沟渠，晴天暴晒又溜光打滑，极易摔跤。天热时，走上坡路时索性赤膊推车。稿子投递后便天天盼邮递员进山，当邮递员到来时便急急翻看，看报纸上是否有自己的作品。一月不见消息，重新修改后又再次投递。一篇《沙滩上的眼睛》写的是读高中时老幺送我上船的真实情景。分别后，船倒退行驶，老幺也逐渐退后，直到身体从下到上慢慢消失，一双眼睛定格在沙滩上很久，坐在船舱的我禁不住号啕大哭。那稿子投了不下六次，依旧没有发表。

第一篇文章是散文诗，题为"失去了并不意味着失败"，发表在《三峡希望报》上。那是刚学习写作半年后。文章虽短，却给了我信心。收到报纸后，立即写了一篇书信体散文《感谢三峡希望编辑部，帮我顺利生下了孩子》。信中将创作比喻为怀孕生子，生动地勾勒出创作的艰辛和初为人母的喜悦。编辑收到后，新一期报纸已编排好，但他们立即撤下一篇稿子，将我的来信登上了。

创作是充满艰辛的。过去无电脑，全靠手工写作，誊写到专用的文稿纸上，便于编辑统计字数。那些日子，有时一天能写三四篇，都是随笔之类的小玩意儿。草稿上的字写得像蚯蚓，写好后往往自己都不认得了。写到方格纸上时常常错字漏字，撕了重写，写了再撕，反复很多遍。

1994 年起，我陆续在《三峡晚报》《宜昌日报》（现为《三峡日报》）发表了几篇习作，此后渐渐有了点感悟。文学创作贵在坚持，当初的起步虽然艰辛，却磨砺了我的心性，为日后走文学之路奠定了基础。

文学是心灵的放歌，每一篇文字都是一场心灵的救赎。它需要作者红尘练心，安住当下，在清心寡欲的抒写中坚守短暂的宁静。一个字，一个词，是灵魂弹出的火花，做出婉转流畅、清新自然的律动，没有节拍又暗合节拍。它可能没感染别人，却先让自己感动了。文字仿佛具有魔力，不同的搭配组合构成不同的语言世界，或明朗或诡异，或雄浑或粗犷，有的令人舒畅，有的令人压抑。

我对文字常常充满敬畏，每一稿我都力求阅读数十遍，务必让自己满意。读，反复读，是我对文字的基本要求。我把自己当成一个读者，像读别人似的读着自己，看看哪里不通顺流畅、哪里词句重复影响了气势、哪里搭配不当感觉别扭拗口。

不知是在哪篇文章中，我读到了杜甫的名句"语不惊人死不休"，从此，对文字多出了一种感悟。后来，还从书中知道了"推敲"的故事，更是让我受益匪浅，感受到文字欲出彩，非反复修改、仔细推敲不可。给予我更多感触的还是生活，生活与文字是两个平行的世界，完全没有交集，作家就是这个世界上让生活与文字产生交集的人。他在书写中对生活赋予神韵，给予了这个世界别样的美。

《失去了并不意味着失败》，源于我高中时非常刻苦依然高考失利的经历。工作后我不断反思高考失利的原因，联想到包括张海迪在内的很多人和事，便促成了那篇文字。

生活不总是阳光灿烂、鲜花盛开，也有风雨阴霾、荆棘沟坎。1998年春天的时候，那个陪伴了我十三年的爱人走了。那时，两个人在大山里工作了十几年，受尽了交通不便、生活艰苦的煎熬，正双双从乡下调来镇上工作，在县城里也买了住房。原本以为生活会一帆风顺，永远晴好。没曾想，她得了癌症，是那种挺厉害的肺癌。当我在医院待了二十多天，安葬完毕，端着搭着黑纱的遗像回到单位时，路旁的银杏散发出奇异的清香，那一刻真是百感交集。第二天，当我早早起来漫步于梧桐树下，望着那曾经熟悉的环境，禁不住泪如雨下。

那天晚上，儿子因为白天受到刺激拼命哭闹，诱发了哮喘。这一发病，竟然长达半年之久。我每天既要上班，还得带着儿子四处奔忙。我知道哮喘的严重性，特别消耗能量，还可能诱发各种并发症，所以我每天不到凌晨从不睡觉，晚上隔一段时间就到床前看看儿子。有时儿子实在喘得厉害，半夜还得带着他到诊所治疗。倘若第二天睡觉还是不行，天亮后立即带着孩子到市里就医。那半年时间，县医院、中医院、市医院乃至军区医院，全看遍了，家里到处都是中药、西药。

外出看病时，儿子一般疲惫不堪，十分虚弱，坐车时靠着我的大腿或肩膀睡觉，下车后走路无力，实在走不了，我只好把他背上，将背包挂在脖子上。最难的是，由于身体虚弱没有食欲，孩子吃东西很少，而没营养又会降低抵抗力，身体更糟。每次去医院检查时没有什么，回到单位晚上就喘。我住的地方在电站，上班在变电站，相距两里路。轮到上夜班时，只好把儿子带上。

困难的日子，我总是没有放弃希望，用"天将降大任于是人也，必先苦其心志，劳其筋骨，饿其体肤，空乏其身，行拂乱其所为，所以动心忍性，曾益其所不能"自勉。我知道，所有的苦都是成就自己的机缘，在困难的日子，唯有坚韧，泰然处之，处变不惊。闲暇时，我依旧学习他人的作品，未敢停下手中的笔。每天儿子上学或睡觉后，我便拿起了书，认真研读小说和散文。

而今，我已过知天命之年，回看自己的文字，依然感觉像看孩子，升起一种无言的爱。过往，虽然艰辛，却不乏甘甜。多年的文字工作，培养了我的写作能力，让我对公文、新闻写作驾轻就熟，尤读后感、心得体会之类，随便一个题目都能很快成篇。单位上常常替人捉刀，同事相请从不推诿，尽心尽力。几十年来，消息、通讯、总结、讲话稿、小散文乃至书信，帮人代笔乐此不疲。我自己也从一个学生时代怕写作文的人成长为一个爱写、擅写的人，创下了个人写作生涯的多个第一。第一次写通讯，参加县水利系统"我身边的党员"征文活动，第一次写论文，参加县总工会"改革与发展"论文竞赛，第一次参与夷陵区作协年度创作优秀作品评比，均获得了第一名的好成绩。

多年的读读写写中，我更全面地感悟了人生。人生似一艘船，每个人都不一样，有的风驰电掣，一路疾驰，抵达舒适的港湾；有的跌宕起伏，蜿蜒曲折，驶向浪急的海洋；还有的平淡如水，波澜不惊，行驶在略有风波的小河里。只要问心无愧，便不枉此生。生命是个过程，与浩瀚的星空比起来，实在太过渺小。每个人都是寰宇的过客，是一朵浪花，只留善念、精神存世间。作家唯有真心写作，用优秀的作品鼓舞人，抒一分清正之气，才不负人生韶华。

文字是美丽的，它不似鲜花又胜似鲜花，字与字之间，词与词之间，自有一种神意。每个字是凝固的建筑，组合在一起便成了移动的音符，演奏出美妙的乐章。用心听，可以听出小溪的流淌，婉转悦耳，抚慰忧伤。词语是心灵的家园，表情达意，驻守在每个人的心间，时时让我们感到一丝心灵的悸动。文章则宽似海洋，大过苍穹，以有限的篇幅纵览宇宙，诠释道理，抒发情怀，描摹万象。

当初在县化肥厂工作时，看见了他人给工友的来信，开头的话语是"在这金色的秋天，我收到了你来自远方的信"，感觉那语言好美。后在电站工作时，又读到了《当代散文名家随笔精品》和自己订阅的杂志，深深地被文字所吸引。当我自己在欣赏他人美好的文字时，实际就是给自己的思想种下了文字的种子，遇到合适的阳光、空气、水和土壤，注定会生长。

如今，我在《文艺报》《芳草》《电影文学》《中华文学》《三峡文学》《江河文学》《湖北日报》等报刊发表小说、散文、电影文学剧本近百万字，著有长篇小说、小说集、散文集四部。但我仍不敢妄称自己"作家"，充其量是个爱写的人。作家太过神圣，我的学养、品行、境界不够，发表的作品也屈指可数。我知道，即便如此，未来还将与文字为伴，用键盘敲出鸟语花香，用鼠标驾驭文字航向。不为别的，实乃世界很美，读书很美，创作很美。

因为美，便深深地喜欢。

朱光华，中国电力作家协会会员、湖北省作家协会会员。在《文艺报》《芳草》《中华文学》《湖北日报》等报刊发表作品近百万字，著有长篇小说、小说集、散文集四部。

小草何以嗨歌

胡佑祥

我原本就是一棵小草。结束四年军旅生涯时，才二十刚出头，被分配的，就是地地道道的工人工作。更为确切地说，是一名产业工人，是一名"开发矿业，掘进先行"的矿山井下掘进工人！

1973 年 7 月，我们公安县有九个复员兵被安排到湖北省荆钟磷矿工作，劳资科将我分派到掘进队三班。十分巧合的是，正是我们来到矿山的那一天，矿里那个高高的广播塔上东南西北向四个高音喇叭转播湖北省人民广播电台"湖北省荆钟磷矿掘进队三班创月独头掘进 138 米纪录"的新闻。哦，我原来是被安排在一个先进集体呢。其实，我这一声感叹心情沉重且复杂，并不是在庆幸，更没有荣誉感，因为那个荣誉与初来乍到的我没有半毛钱关系。体形瘦弱不足 50 公斤的我，从此不得不面对俗称"六面石头夹块肉"的百米井下那集脏、累、苦、险于一体的艰苦工作环境，真是令人沮丧。记得到矿山第二天，劳资科组织安全培训，首先引领我们去井下参观，从人行道下矿井还没走下一半，我们这群新工人中就有几个人受不了，转身就"逃"了上来。几天后，我们一起来的九个人就有五个人宁愿放弃安排的工作，吵闹着回了原籍公安县，我是留下来的四个人之一。我当时想，不当井下工，除了回家当社员，别无他路，只有硬着头皮留下来。可谁都清楚，井下工作是力气活，只有体格强壮的人才适应得了。我那时完全就是一副文弱书生模样，从事井下工作，真的是有点格格不入。

我永远难忘刚到矿山的那一天晚上，从矿工宿舍传出的因喝酒划拳而引发的阵阵粗野狂骂的嘈杂之声，为自己落入了一个"粗野蛮荒"之地而在内心悲哀不已！其实，我那时也仅仅是一个因"文化大革命"而半途辍学的"老三届"初中生，肚子里也并不比那些"粗野"的矿工们多多少文墨，可面对那种"野蛮"环境，就是觉得当一名井下工让我感到十分憋屈和窝囊。"穷则思变，要干，要革命。"我从一开始就为自己当一名矿工而心有不甘！

当时，我与工友中多数人最大的区别就是业余兴趣爱好不同：他们下班后就是打扑克、下象棋、聊天，或钓鱼、打猎；而我就是看书学习和写字画画，我笃信"上班族最终的差别在八小时以外"。与他们相比，我唯一的"强项"便是能写写画画。幸运的是，我所在的班是在湖北省都有名气的先进班组，这样的集体中少不了写文章的"秀才"，而我就被慧眼识珠的班长相中。他不但不嫌弃我缺少干力气活的体力，还特别看重和照顾我，时不时就要把我派上特殊用场，比如，为班里写表扬好人好事的广播稿、工作汇报、工作总结、决心书、挑/应战书、倡议书等。

如此一来，我这个身材弱小的人在一帮体格强健的井下工中不仅没受排斥，还成了"香饽饽"。在当了一年半掘进工后，矿里新组建采矿二队，我被将去采矿二队任队长的现任掘进队副书记点将去采矿二队担任文书之职。这时，掘进队书记却想要我在掘进队当文书，而将掘进队现任文书调去采矿二队。听闻此意，副书记、即将上任的采矿二队队长火了，说："我在掘进队工作这几年，没功劳也有苦劳，难道我调想要的文书还要你们说给哪个就给哪个吗？"这样，书记不得不让步，我遂结束掘进工身份，去采矿二队从事"以工代干"的文书工作，从此走上"以工代干"工作岗位。多年后的1982年，我们矿山"以工代干"的职工均被湖北省人事厅（现为湖北省人力资源和社会保障厅）批准转为国家正式干部。

在当时，应该说担任文书对我来说是如鱼得水，完全合乎我的兴趣爱好，我很适应那项工作。那年月，单位时兴逢年过节出黑板报和墙报。比如，元旦、春节、五一劳动节、国庆节等重大节日或重要活动都会出墙报。因我写写画画的特长，出墙报就成了我的专属工作。我既是墙报的"主编"，又是主要撰稿人、抄写者和刊头画者。我们的墙报有18张大白纸版面，内容基本为三大项：一幅大刊头画（最大时在8张大白纸上作画）、散文和诗歌。记得我的第一篇散文《我们矿山的白杨树》，刊出后得到了工友们的一致好评。这篇文章我保存至今。其中一些句子，至今读起来我仍然为火热的矿山青春往事而热血沸腾："……婆娑苍翠欲滴的了。而且把整个矿区都包裹在了一片葱绿之中。每当白杨树抽枝长叶后，从远处看我们矿区那本来就不算少的幢幢厂房，也只能看到一星半点的了，恰似红花开在绿叶中。""……沟边路旁扎下了根，年复一年长得枝干挺拔郁郁葱葱，成为绿化矿区的主导树种。你说，它这种栽到哪里就在哪里扎根成林的泼辣性格能不叫人喜爱吗？""我赞美白杨，我为我们矿山里有这样多的白杨树感到骄傲。我爱矿山的春色，更爱这装点矿山春色的白杨树！"

那时候，在我们矿山里有一群爱好文学的青年，我当然就是其中的一员。我们没有老师，在我们中连草根作家也没有，几乎没有人的文字上过被铅字刊出的报刊。我们就是自发形成的一个爱好文学的小团体，并自办了一份用蜡纸刻钢板油印出的取名为"萌"的小报。在我被调入宜昌地区行政机关工作八年后，老单位的那帮文学青年仍然初心不改，执着追求，又办了一份用当时的286打印机打印装订成册的"杂志"，取名为"山风"。有一天，一位老同事特意从遥远的矿山给我带来一份"山风"，令我惊讶不已，十分感慨，禁不住即兴写了一篇感悟文章寄给他们，竟然"发表"了，还寄给我六元钱稿费。那篇文章题为《闻"山风"而动——写给"故乡"的朋友》，在文中，我曾这样写道：

"夏日炎炎，闹市攘攘。忽一日，一缕'山风'拂上桌面，顿时一股清凉袭来，让人好不心动！

"追根溯源，往事悠悠。倏忽间，眼前便浮现出十多年前那群执着的爱好文学的青年，莫非当年'萌'之续生？或许，回答是肯定的。刹那间，我被那些热爱生活、扎根矿山、以执着与才华努力创造自己的精神与文化氛围的人们所折服了。物换星移，人事巨变，不仅当年'萌'者不改初衷苦苦追寻，而且又新涌现出了一批热心的追求者。其志向何其相似，其趣味何其相投。在一个特定的环境里，这是多么的难能可贵！

　　"我不擅长体育，文学亦然，但我知道这些事业都需要来源于生活，植根于人民群众之中。它们只有为广大的人民群众所喜闻乐见并由人民群众直接参与，才能真正发挥其功用，才具有鲜活的生命力。阳春白雪，和者盖寡。依靠自己的聪明才智和现实的环境，创下自己的一方文学天地，即使'巴人之曲'也委实纯朴自然，惬意无比。君不见，今时都市之宴席上，昔日草芥马齿苋之类已身价百倍？无奢华、不油腻、去矫饰、味纯朴、有营养，正是马齿苋之类受到现代文明社会人们青睐的原因。

　　"昔闻文学殿堂，神秘而又神圣。而今，当'山风'袭来之时，不能不使人一改观念：文学其实不止一个层面。如若不然，那就未免过于窄小，窄小得连根茎也要断掉。当你热爱生活，并有心力创造生活和制造一种理想的精神氛围的时候，文学的本意就自然地向你走来。于是，在遥远的山乡，在原始的村寨，在偏僻的矿山，在老奶奶的絮叨之中，在'狼外婆'的传说里，在婴儿的摇篮边，在凡有男女爱恋的地方……文学的气息无时不发，文学的根茎无处不在。

　　"如果说老一辈的矿工是在猜拳行令中营造和延续了一种粗犷的文学气息和精神氛围的话，那么，今天'山风'所吹拂的正是标志时代文明进步的鲜活气息。由此，矿山便不再寂寞，也不再是野蛮、原始、落后的集散之地，而是正以其崭新而高雅的方式向社会、向人们展示出一代矿山人的文明进步风采！

　　"朋友，当缕缕'山风'拂面之时，你是否感觉到那个永远乐观向上而又风华正茂的鲜活生命的存在？"

这篇文章，现在仍然激励我在文学的道路上执着前行。

在文书岗位上工作七年之后，1982 年初我被矿党委调入政工科工作，两年后被任命为宣传科科长，我的职责是负责"两报一室一广播"。"两报"，即每周一期的《荆钟简报》和每逢重大节日和重要活动时的墙报；"一室"，即打字文印室；"一广播"，即矿里有一个高高耸立的广播塔，上有东西南北朝向的四个高音喇叭。至今都令我引以为荣的是：我在矿宣传科科长任上，有两项工作是创纪录的，一是创了矿里最大幅墙报及其最大幅刊头画；二是矿里批准我专门从武汉买回一台日本索尼收录机，用这台收录机为矿里开创了采访录音新闻报道工作。

我虽然在退休前即爱好文学，但因一直忙于工作，无暇涉足文学殿堂，在我趁机构改革之机申请提前退休后才得以徜徉其中。提前退休后的我，一身轻松，成为一个自由自在的人。此时的我，身体健康，精力充沛，完全可以做自己想要做的事情。退休之初，即被市里一家国企聘为文化顾问，这是一个能充分彰显我的兴趣爱好和学识才华的工作。受聘期间，我不仅顾问的工作干得得心应手，颇受企业领导青睐，同时也有了充分干"私活"的条件，终于在2008 年初圆了多年前写书、出书的梦想，出版了两本书：一本为语录体散文《品生录》，另一本为诗集《百首人名藏头诗集》。

我之所以能成为草根作家，皆因为一直热爱读书。在我很小的时候，偶然听一位大人说出"人从书里乖"这句话。几十年过去了，小时候的事情，尤其是话语记得清晰的没剩下多少，但这句话却一直在我心中，不曾忘掉。或许正是这句无意中听到的良言，奠定了我热爱读书的基础。我读书，久而久之也有了自己的切身感悟，那年我将之写成一篇题为"无为而读——我的读书观"的小品文章发向报社，不仅获得发表，还于无意中得了一个读书征文奖。更为有幸的是，读书还在我身上发生了从读书到写书的飞跃性变化，我荣幸地成为湖北省作协会员。

在我看来，读书与写作，读书是第一位的。如果没有多年来的坚持读书，别说成为草根作家，就是与一个普通文化人的标准也相去甚远。

几年前，我将读书的切身体会写成一篇题目为"书——我铁定终身的伴侣"的文章，被湖北省重点期刊《阅读时代》于 2017 年 12 月刊发。"文化大革命"期间，我曾一度没有书可读，"文化大革命"结束后，我唯一喜欢去的地方便是新华书店。那年月，囊中羞涩，我常常买特价书。有一段时间，见我买书之贪婪，书店店员误以为我的职业是老师。几十年来，我的兴趣爱好多有变化，唯有读书这一爱好一直坚持着。

读书和写作就像一对孪生兄弟——我坚持着读书，也一直笔耕不辍。久而久之，积累的文字多了，就有了要将它们集合出版的愿望，这有点像"水到渠成""瓜熟蒂落"。2017 年，我又出版了比前两本书分量更为厚重的文集《嗨歌的小草》。我之所以给这本书取名"嗨歌的小草"，是出于以下原因。

20 世纪 80 年代初，有一位名叫史光柱、双目失明的战斗英雄，他唱了一首名为"小草"的歌，一时间传遍大江南北、长城内外，火遍了全中国。这首歌瞬间唤醒了我的灵魂共鸣，深深地感染了我。

不是吗？我原本就是这世界上一棵再平凡不过的小草，也有着小草的显著特征：不仅出生卑微，屡经磨砺，更是沐浴着我们这个优越的社会制度和美好时代的春风、雨露、阳光。对我们的党，对我们的祖国，对无数个在我的生命历程中，对我的成人、成长乃至成"才"有过直接、间接帮助的人，我同样怀有一颗虔诚而纯粹的感恩之心。我要为他们歌唱，也为自己歌唱！！

我有个观点：人在解决温饱问题之前，"肚子饿是最大的真理"；而一旦解决了温饱问题，重要的就是追求精神生活的充实。而热爱文学、徜徉于文学之中，就是无可替代的全方位地充实精神生活的方式。我十分欣赏范雨素说的那句话："活着就要做点和吃饭无关的事，满足一下自己的精神欲望。"

两年前，三峡电视台记者对我进行即兴采访，问我文学于我意味着什么。说实话，我热爱并进行业余写作几十年还真没有想过这个问题，突然被问及，还真不知该如何回答。然而面对镜头，我又不能不说。好在毕竟是文学爱好者，随便说几句也能与文学相涉了。我是这样说的："文学是我生活中的重要精神寄托，它充实了我的业余生活，丰富了我的生活，能带给我无以言传的愉悦。我不打牌，尽管我的老家打麻将之风全国有名，可我终是没能入流。我想，文学之于我，有可能就如麻将之于那些麻友吧！过去工作时，我一直都因为担负着很大的工作量，而无暇顾及其他，也就少有专心钻研文学和写作的工夫。现在退休了，我有的是时间，正好用来做我喜欢的事情——这就是坚持看书学习和写作。因此，热爱文学，坚持看书学习和写作，让我没有退休的失落感和无所事事的茫然与无用感，并且使我退休后亦有事业追求，时不时会有成就感、价值感。我创作在其中，乐在其中，其乐无穷。人的生命长度是有限的，而生命的宽度却是可以通过主观努力予以充分拓展的。一般人或不爱好读书学习的人，他们的生活时空仅限于现实中的所见所闻，而爱好看书学习的人，其视野时空就不止一维空间，而是二维甚至是多维空间。比如，近来，我读朱自清、郁达夫、梁实秋这些 20 世纪初期大家们的作品，就将我的思绪带到了他们生活的那个年代，让我领略到了另一个世纪、另一种社会生活的人情与风情。而读小说，还可将我带到作者所创作的另一个生活场景和氛围之中，让我去感受另样的喜怒哀乐，并于无形之中受其感染、接受熏陶、形成见识。"

以上，大约就是我那次面对记者的采访镜头说出的一番毫无层次和条理的话，并没有另作修饰、提炼和归纳。实际上即使此时不面对记者的采访，我也只能是这样的感悟。我这人最大的特点，也是毛病，就是不会造假，从文学的角度说，就是不会塑造——这也是我早就计划的"大作"迟迟不能动笔的重要原因。因为，要写小说，就不能是复制原样生活和原样的人，必须要设计、创造、假设出别样的场景和别样的情节与人物，小说中所涉及的人物来自生活，却不能就是生活中的某个人，如果让人对号出来，麻烦就大了，就难有精彩和神来之笔了。因为，生活原本多是寡淡无味的，只有通过作者的"添油加醋"和添枝加叶才会有更好的味道和更加美丽的风景，这样，作品才有了亮点和看点。

我虽是一个退休赋闲的人，可热爱文学、坚持读书和写作，永远也不会有退休之说。只要一息尚存，就可以活在文学的氛围之中。2017 年开始，我被推举担任了民间社团组织"宜昌果园文学读书社"社长之职。2019 年，我和我们文学社其他十一位草根作家结集出版了文集《果园压枝低：宜昌果园文学读书社社员作品选集（第一季）》。在今后的时光里，我们会有更多更有分量的新作面世！

胡佑祥，中共党员，湖北省作家协会会员，宜昌市散文学会理事，宜昌果园文学读书社社长，出版作品《品生录》《嗨歌的小草》等。

我的工人作家梦

王同尧

每个人都有信念与理想，也有抱负和希望，在不同的岗位、不同的行业中奋斗成长，在实践过程中逐步实现自己的价值与梦想。

我的作家梦想就是从铁路工人开始的。

边工作边记录

20 世纪 70 年代，组织上送我到铁路学校深造，三年毕业后，我很荣幸地当上了铁路工人，后在各铁路单位实习，长期在一线工作。一身靓丽的铁路制服，路徽挂胸前，路帽戴头上，洒脱神气，自豪骄傲。

铁路工作半军事化，规章制度严格，作业程序标准规范，面对一辆辆来回飞驰的客货列车，各岗位工作人员要技能娴熟、高度配合，来不得丝毫马虎大意，否则，就会给行车安全带来隐患，甚至导致事故发生。

铁路工作很有规律，上班时兢兢业业，下班后时间自由，这给了我许多读书写作的时间。我时常一人宅在寝室里，博览群书，捧阅墨香。四大名著，从线装本到简装本，读了一遍又一遍；小说、名人自传、历史故事、诗歌散文等，只要一拿起，便舍不得放下。经常晚上看书到零点以后，读得心情愉悦、思绪翩然。

那时我备有两套笔记本，一套专写读书体会，另一套专记工作笔记。这为我以后的写作打下了良好的基础。

每当读到诗情画意或矛盾斗争波澜起伏时，情绪都跟随内容转化，或是高兴感动，或是怅然愤怒，或是心旷神怡，或是浮想联翩。我总是边读边用红笔画上记号，有时会写一段读后感，为写作积累素材、做好准备。

每天上班的工作经历，如同事中的模范行为，为旅客做的好人好事，还有突如其来的英雄事迹，在候车室、月台广场、股道道口等地，同事们为旅客排忧解难、全心全意为人民服务的动人事迹，我也都随时记录下来。

两根铁轨紧紧连接全国各地，千万列车直通五湖四海，站多线长，每天南来北往地迎送着数万名旅客、数万吨货物。肩负重担的各站段员工与旅客间，每天都在发生着感人的故事。比如：为走失的孩子和老人寻找亲人，为被盗的旅客追寻钱财物品，将危病旅客紧急送往医院，在列车上全力救治危重病人……铁路不但要保障旅客货主的生命财产安全，还得为他们排忧解难。

边上班边记录，不仅开阔了眼界，丰富了生活，而且还掌握了第一手信息材料。

有一次，当时的《郑州铁道》记者来到基层采访，向我问路，正好，他采访的对象是我单位的职工，我正好有记录那职工的资料，一路上都告诉了他。他对我说："你这种做法好，'原汁原味'的素材，你可以写成新闻稿投往报社呀！"

我说："不会写，没写过。"

他说："这样吧，下次报社办通讯员学习班，一定通知你参加。"说着他拿出采访本记下了我的名字，我当时很兴奋，若是将自己记录的文字发表在报纸上，那该是件多么自豪的事。这位记者后来就成了我写新闻的老师。

1982年，第一次从铁路局办的通讯员学习班回来，我开始了新闻稿写作，将笔记本上的钢笔字渐渐变为报纸上的铅字。当时的那种高兴和成就感，无法用语言形容。

那时年轻单纯，上进心很强，书籍成了朋友，写作成了伙伴。无论平时的工作多累多忙，也得抽时间读书充电，挤时间进行采访，挖掘素材，回来后进行二次大脑加工，铺开稿纸，在一盏白炽灯的照明下常常写到深夜，然后期盼着铁路报纸送来。当同事告诉我，说我的文章又上报了，心中不由一阵阵兴奋，看到大家争先恐后传阅报纸时，那种喜悦的心情无以言表……

努力钻研，磨炼成才

一个人一旦对某种事物产生了浓厚的兴趣，本能的驱动作用就会变得近乎疯狂，读书写作也不例外。

为了能更好地掌握新闻写作知识，更加熟练地运用新闻素材，我曾经跑遍了当地所有的新华书店。虽说那个年代每月只有几十元工资，但我毫不吝啬地购置书籍，当地没有，就请同学、朋友代买。

我先后购买了《怎样写新闻》《采访心理学》《通讯的写作方法》《如何巧用新闻素材》《报告文学集》等等，书柜里的书不断增多，新闻写作也不断成熟，写作层次由浅入深，刊登的作品也不断从铁路走向省市。

那一年，我所在的铁路分局小花果车站职工佘忠文，为救一穿越股道的旅客，不幸牺牲。为了宣传这位铁路英雄的感人事迹，在铁路分局的领导下，我们组成了采写小分队，在偏僻的小站里进行了一个星期的采访，克服了诸多困难，多方位、多角度撰写了他的感人事迹。这些新闻先后被铁路、地方、省市几十家新闻单位采用。我和四位同事撰写的长篇报告文学《铁路英雄佘忠文》发表在《湖北日报》头版，后获得好新闻奖，誉立集体二等功。

读书益人，写作锻炼人，是我在实践中的深刻体会。总是在一种高品位、高境界中不断地充电成长，这种知识的力量是其他精神食粮不能比拟的。读书吸收的营养，酝酿在写作中，充实在文字里，令人受益匪浅。

1985 年夏天，分局宣传部组织了"铁路新闻千里行"采风组，为了更真实更快捷地反映一线铁路工人的风貌，我们一行八人，从襄阳车站出发，沿途经过十多个车站，行程一百多公里，一直走到终点荆门车站。在采写访问中，目睹了职工的生活和工作场面，在炎热的天气条件下，工人们不畏艰难，不畏困苦，坚守岗位，奋力拼搏。有的车站缺水，职工们就寻找水源，担水回站；有的车站设备陈旧老化，职工们克服种种困难，保证列车安全正点到达；有的职工家属病魔缠身，生活都不能自理，但为了铁路畅通无阻，他们仍一心扑在工作上。看到这些动人的场面，我们白天顶着酷暑采访，晚上不顾蚊虫叮咬、天气闷热，时常赶写稿件到深夜，太疲惫了，就趴在椅背上打会儿瞌睡，实在不行才和衣躺下。因条件有限，几个人挤在一张竹床上，等早晨起来，浑身上下全是蚊子叮咬的大包小包。当我们抱怨蚊子太多、满身挠痒时，新闻组长说："这算什么！沿线车站的职工每天都是这样坚持过来的，别人能克服，我们就几个小时为啥不能克服？这只是一点微不足道的小事。有些车站长期缺水，连洗个冷水澡都找不到地方，还有的车站遇到的艰难环境是我们无法想象的。我们要采写，体验一线职工的艰苦，才能讴歌他们在艰苦的条件下为铁路事业所做的贡献。我们不仅得到了锻炼，写出的新闻更有价值，还有利于改善他们的工作条件。"

组长带着大家一路前行，每到一站，我们都会看到不同的感人场面、艰苦奋斗的精神，大家努力挖掘，将一个个模范先进人物、一件件感人的事迹迅速传往铁路报社，刊登在报纸显著位置，使他们成为铁路职工学习的榜样。

作为一名工人，牺牲自己的业余时间，运用文字宣传社会主义精神文明，是件非常有意义且无比光荣的事情。为读者奉献精神食粮，从某种意义上讲，也是为社会做贡献。文字里渗透了自己的血与汗，同时也净化了自己的心灵。

正是由于这样一种执着的理念与追求，那时的我，把平凡的工作当成演练地，把作业现场当作写字台，一根敏感的神经总是跟踪思索着新闻角度、新闻看点、新闻价值，一有空就围绕着新闻转，不停地写，稿件质量有了质的飞跃，从过去的"豆腐块"变成了长篇通讯，从通讯变成了报告文学，从报纸第二版跳到了头版，见报率也明显提高，加上地方报纸、电台刊发的，有时一个月高达20多篇，一年下来剪成了厚厚的一本"新闻书"。

功夫不负有心人。虽说写作时常枯燥乏味，但废寝忘食、拼搏得到的收获是那样让人感到甜蜜、富有！当被同事称呼为"笔杆子""记者"时，心中豪情顿生！20世纪80年代末和90年代初，我由于新闻成绩出色，被铁路单位和多家当地新闻单位聘为特邀记者、特邀通讯员，连续多年被评为优秀新闻工作者，获奖新闻多篇。

记得在一个夏天，大雨滂沱的半夜，我正在聚精会神地"爬格子"，隔壁突然传来大吼大骂的声音，接着是摔盆砸椅的"咣当"声。放下笔开门一看，原来是隔壁两口子吵架闹矛盾，我赶紧好言相劝，平息两人即将要打架的怒火。事后我回到家中，伏案桌边，满脑的思路全断了，怎么也找不到构思的原点，脑子仍被那两口子的吵骂占有。这种事也不能写成新闻呀，怎么办？就在我刚要休笔时，脑中突然闪出一个念头：他俩的事能不能写成小说？

萌芽文学，追求梦想

一个工人，白天一身工作服，晚上却做起了文学梦。我当时信心不足，还觉得荒唐。但是我想：管它呢，试试看！摊开稿纸，左思右想，无从下笔。从哪里开头写？中间写什么？结尾怎么结？没有一点文学基础的我，那天晚上，就傻傻地坐在桌子旁，一根烟接着一根烟，抽得满屋烟雾弥漫，郁闷沮丧，思维混乱。后来想着想着，瞌睡占了上风，趴在桌子上睡着了，等一觉醒来，只见稿纸上有两个大字：梅花（小说名）。我高兴地笑了，傻傻的不知什么时候写下了这个题目。

逛市区，我到书店买了《微型小说》《小说选刊》《怎样写小说》等杂志书籍，学习作家们是怎样写小说的，还在书柜里翻出了《钢铁是怎样炼成的》。结果看了几天几夜，虽说受到了一些启发，知道了一点方法，但写起来依然困难。

上班时，偶在《工人日报》看到一则举办工人函授文学班的广告，我便积极报了名。当收到老师寄来的学习资料和学员的习题时，我就像一棵久旱的小草得到了甘霖的滋润。掌握了写作技巧后，我按照写小说的要求进行构思，策划故事矛盾、主题，着重刻画人物、描述矛盾斗争，那篇《梅花》小说终于一口气写完，并投到当地的一家杂志社。一个月后，我收到编辑部一封信，告知小说在第十一期刊发。我看完信，禁不住喜悦，与爱人一同分享，爱人说："你的梦想开始实现了，那以后就天天做文学梦吧。"下班后，我特地买了两斤刁子鱼，称了一斤肉，喊了几位朋友，与家人一起，畅饮开怀，共同祝贺小说发表。

为了直接从老师的写作中吸取营养，我周末经常到作家老师家中拜师学艺，将老师讲述的经验与体会牢记在心，并加以应用，使文学这条路走得更快、更扎实。

当工人有许多得天独厚的条件，比如可以优先掌握第一手资料、可以目睹整个事件，但小说源于生活而高于生活，必须在事件的原型上增加虚构来完善故事情节，取得艺术美感和震撼力。

有一件事，在我记忆中印象非常深刻。一个秋天的早晨，下着雨,一位巡道工在巡道,前方的一列火车开过来了,这时,一个姑娘正走在铁道上,他急忙大声呼喊提醒:"危险,赶快走下铁路!火车开过来了。"那位姑娘不知咋回事,依然埋着头在铁路上走,就在这万分危险的时刻,巡道工飞奔过去,将姑娘从铁路上拽了下来,就隔几秒钟时间,火车从他们身边飞驰而过。这惊心动魄的一幕,令大家触目惊心。

这一真人真事,本是一件很有分量、感人至深的新闻事件,我除了"原汁原味"报道外,还撰写了一篇短篇小说《铁路魂》,发表在《作家》网络平台上。小说将巡道工写成了舍己救人的烈士,他的墓碑就在两山对峙下的铁路旁,永远看护着这段铁路,将那位姑娘写成了一位聋哑人,听不到火车笛鸣及巡道工的呼喊声,她被救后,面对救命恩人痛哭失声,后来每年都为恩人扫墓祭坟。

当一名铁路工人,我很自豪,每天面对成千上万奔驰的列车和一望无际的延伸钢轨,一种神圣的责任感往往在心中激情燃烧。将自己的职业融入文学创作中,多年来,我完成了数十篇铁路题材文学作品。其中,短篇小说《山根》获《中原铁道报》"风笛杯"铜奖;中篇小说《铁路宣传干事》发表后反响强烈,受到了铁路内外读者好评;散文《穿铁路制服的人》《春节爸妈来看她》《动车我家门前过》等作品受到专家和读者高度关注和赞扬。

对文学的执着追求,激发了我极高的创作热情,对自己提了更高的要求,进行了跨行业领域的写作。有时为了一部作品,甚至跋山涉水,利用休假时间到当地挖掘素材,走访百姓,一待就是好几天,获奖的中篇小说《女纤夫》就是如此完成的。这部小说花了我近半年时间，从人物形象、故事情节、矛盾设置、语言艺术等方面精心构思，写了一遍又一遍，打磨了一次又一次，投到了第二届"中国青年作家杯"全国征文大赛，获得了专家评委和读者的高额票数，一举夺得了中、长篇小说组二等奖。在激动之余，我庆幸自己又前进了一步，离文学艺术的殿堂又近了些，同时也感到压力更大了些。

干了一辈子铁路工人，就在快退休的前几年，我突然感觉写东西快了起来，脑子里的东西一个劲地往外涌，过去写一部短篇小说要一个星期，千字散文也得 2~3 天，而如今只需要一天多就写出来了，有时甚至只需几小时，而且写起来得心应手。我的创作似乎达到了高峰，5 年时间，我写了 60 多万字的作品，包括长篇小说 2 部、中篇小说 5 部，以及部分短篇小说和诗歌散文，共计近 2000 篇（首），几乎每天都有作品在全国网络平台及杂志上发表。难能可贵的是，如今一坐下来就想写，而且精力旺盛，思路清晰，头脑敏捷，知名作家张永久先生戏称为"王同尧现象"，倍感亲切和鼓舞。

从工作到写作，文学给了我人生的乐趣与追求，每天沉浸在劳动与文字中，我深感其乐无穷。追求文学梦，长期笔耕不辍，已成为我人生一道亮丽的风景线。感谢长期支持我的老师和文友们！

王同尧，笔名尧舜，湖北省作家协会会员，在各级报刊发表中短篇小说、散文、诗歌若干，出版小说集《女人河》、散文集《我在春天等你》。

石匠也有作家梦

——一个建筑工人走向作家的历程

赵志满

马尔克思在《百年孤独》中说："生命中真正重要的不是你遭遇了什么，而是你记住了哪些事，又是如何铭记的。"我从一个下苦力的建筑工人，到实现文学创作的梦想，成为一名作家，遭遇了许多苦难坎坷，人生道路也充满了曲折。讲述这些故事，我首先要说的是：读书可以改变人生的轨迹，读书可以改变人的命运。

因为历史的原因，小学毕业后，我 14 岁开始走向街头做小工。穿着破烂的衣服，扛着挖锄、薅锄，拖着木板车，提着灰桶子，每日去挣 6 角 8 分钱的工钱。那时候，我最大的冀求是学成瓦匠（泥工）。好不容易熬到了 16 岁，又面临人生一次艰难的选择：要么是走后门到建筑公司当石匠（石工），要么是直奔高山之巅当农民。母亲心疼我吃商品粮的城镇户口，到处托关系，想方设法让我拜师当石匠。老天有眼，终于让母亲美梦成真。

石匠师傅送给我的第一个礼物是一柄小铁锤和用牛皮、檀木拧成的龙骨钻子，这钻子是一件可以在石头上凿刻出一道道沟壑的工具。每天除了搬、抬、砌石头外，就是"叮当、叮当"地敲打石头。劳累，是生活的全部，似沉重的大山压在我的头上。

人生最大的苦难不是肉体折磨，而是精神上的痛苦，以及无处安放的灵魂。当我真正懂得知识可以改变命运时，渴望读书的火苗似野草一般疯长。兴山一中的高音喇叭和学生的喧闹声，时时撩拨着我对读书的渴望。"我要读书！我要读书！"是我心中无数次的呐喊，似隐隐的雷声在胸膛激烈地滚动。学校进不了，我就自己找书读，从小养成了阅读的习惯，只要有文字的书本、画册，我都要拿到手中似懂非懂地阅读一遍。用水泥袋中的纸缀成本子写字，可怜的我，想写一封家信却不知道怎样写。

那年我读了《钢铁是怎样炼成的》，保尔·柯察金与冬妮娅的爱情故事，形成了我对爱情的朦胧意识，还有那段精彩的段落"人最宝贵的是生命。生命对人来说只有一次，因此，人的一生应当这样度过：当他回首往事时，不因虚度年华而悔恨，也不因碌碌无为而羞愧"。这段话似锤子敲打石头一样，猛烈撞击着我的心扉，唤醒了我沉睡的心灵。我为什么而活着？活着又为了什么？我每天不停地拷问着自己。那时候书很少，有一个苦难中的朋友深深地影响了我，他也是因为家庭困难而失学，每天拿着电锯解水桶粗的木料。但他在困境中仍然孜孜不倦地学习，他时常对我说："人家有的我要有，人家没有的我也要有。"他的话激励了我。那么人家在读书我也要读书，人家没有认真地读书，我就要认真地读书。心中由此有了这个信念。

建筑工人的生活如同灰蒙蒙的天，单调乏味，基本无书可读的日子愈加烦闷枯燥。除了八个样板戏的剧本外，市井里还流传的有《三国演义》《西游记》《征东》《征西》《隋唐演义》《三侠五义》等旧书，能读到《家》《春》《秋》《青春之歌》《林海雪原》《红岩》《烈火金刚》《母亲》《叶尔绍夫兄弟》等中外文学书籍更是困难。

"文革"运动一个接着一个，批判人总是借用古人的话当金手指。这让我对历史产生了浓厚的兴趣，为了深入学习历史，我走进恢复不久的神圣殿堂——兴山县图书馆（又名"文化馆"）。记得图书馆开设在县总工会，仅有一间阅览室和一间图书室，百余平方米。类似一间教室的阅览室，中间有一张长方形木桌，周围摆放着十余把木椅，阳光透过窗户的缝隙，不时泛着红漆的光亮。桌子上摆放着十几本供人们阅览的杂志，诸如《人民画报》《解放军画报》《解放军文艺》和几本读不懂的自然科学杂志。我最喜欢看的是《学习与批判》（已停刊）、《文史哲》。来看书的人很少，我一有空就去阅览室找书看，就似好吃佬尽找有宴席的地方蹭饭吃一样，我是找有书的地方蹭书看，慢慢地成了图书馆的常客。尤其是在绵绵黄梅雨和瑟瑟秋雨的日子，工地停工，石匠无事可做，我全身散发着积劳成疾的疼痛，却顾不上休息，每天都在图书馆阅览室度过，把仅有的几本我能看得懂的书刊反反复复地看过许多遍。

一个阴雨绵绵的下午，阅览室就我一个人还在翻阅杂志，谈崇祯馆长款步走到我面前。她是一位年近四十、中等身材、颇有气质的女人，一张和蔼可亲的面庞，穿着一件白色的确良衬衣，显得那么优雅、慈祥。她亲切地问我："你是赵志兰的弟弟吧?"她认识我姐姐。我红着脸窘迫地点了点头。谈馆长微笑着说道："我关注你很久了，你很喜欢读书是吧?"我"嗯"了一声，谈馆长一边整理散落在桌子上的杂志一边对我说："喜欢读书是好事，但要找对读书的方法，要系统地读，有计划、有目的地读。我观察你喜欢读历史、文学类书籍，是吗?"我激动地连声回答道："谢谢谈馆长! 谢谢谈馆长! 我是喜欢读历史、文学类书籍，只是此类书籍不太多。"谈馆长优雅地笑了，美丽、白净的脸像一朵盛开的白莲花。她伸出手拉着我说道："小赵，起来跟我到图书室去。"我起身随她走进阅览室旁边的一间屋子。

谈馆长打开电灯后吓了我一大跳。"天哪，这里竟然藏着那么多书啊!"这间图书室不大，墙壁四周的书架、中间木柜上都堆满了书籍。谈馆长指着中间一长排书架说道："那是《中国通史》《中国近代史》，还有单印本的许多史书，我个人建议你从《中国通史》第一册开始读。"说着从中间取出范文澜版的《中国通史》第一册递给我，微笑着说道："你从这一本开始系统地读，本馆一共有四册，还有近代史一册。"我惶恐不安地接了过来，谈馆长却又皱着眉头说道："这些书都因作者问题，暂时不能公开出借，你暂时登记一下，回去好好保管，仔细阅读，对外一定要保密哦。"

从此，我读书进入了一个崭新的境界，从漫无目的地乱翻书走向理性读书。身边有两本工具书，一本《新华字典》，一本红色封面的《中国地图册》。一本用于查阅不认识、不太懂的字和词，一本用于对照古今地名、地理位置。我找书读达到了如饥似渴的程度，时常是一拿起书本就忘记了周遭的一切，痛苦劳累、家庭不幸全然淡忘。

在谈馆长的指导下，短短几年内我系统地读完了《中国通史》《中国近代史》《史记》《北洋军阀史话》，文学书籍有《静静的顿河》《艳阳天》《创业史》《悲惨世界》等。老实说，我是个古人所指的"不知有底的人"，囫囵吞枣地读了那么多书，仍然是一知半解。但我已经把图书馆当成了我的母校，谈馆长俨然成了我的老师。

随着国家的不断发展变化，图书馆的各类书籍不断增多。20世纪80年代初，一个响亮的口号在中国大地响起——"振兴中华"。全国广大职工掀起了一股读书狂潮，人人以读书为荣。全国总工会发起的"振兴中华读书活动"，让兴山县全城的青少年纷纷涌向图书馆借书、查阅资料，原来清闲的图书馆成了一所没有围墙的社会大学。谈馆长喜笑颜开，热情地接待每一个读者，尽力为他们提供所需的书籍，并向他们推荐说"如果要做文史方面的试题，你们可以去找赵志满……"。我看到谈馆长那副喜获丰收的容颜，为她的学生取得的好成绩而骄傲。那一次读书活动中，我虽然交了数理化的白卷，但文史答卷优秀，仍然得到全国"振兴中华读书活动"三等奖。

读胡绳《从鸦片战争到五四运动》这部书后，为证实推翻帝制、辛亥革命的导火索为川汉铁路保路运动，我沿着血腥未散的川汉铁路遗迹拍摄了十多张照片，还歪歪扭扭地写了一篇论文，给当时的中国社会科学院胡绳院长寄去，还原当年川汉铁路开工建设的历史原貌。读《湘鄂西苏区历史简编》，我到巴兴归革命根据地调查红军独立第49师的成立与消亡过程。为调查相关的人和事，我不仅走遍了兴山的崇山峻岭，更多的是在读书中有了思考和发现。

　　机遇历来都是给有准备的人的。1983 年，兴山县成立地方志编纂委员会办公室，因缺乏懂历史的年轻人，谈馆长向县有关领导推荐了我，让我从充满水泥、砖头、瓦砾的建筑工地，走进了壁垒森严的县政府大院，并由此走上了读书写作的道路。为此，我以"县图书馆——我的母校"为题，写下了我在这所没有围墙的社会学校的成长经历，讲述了一个赤子学生回报社会的拳拳之心，在县图书馆编辑的《吐艳集》上发表。

　　我在兴山县地方志办公室工作了六年时间，这是我增长知识的快速通道。我在办公室一边工作，一边读书，一边运用。我负责采编资料的收集和整理，还承担《兴山县大事记》《兴山县军事志》《兴山县乡镇企业志》的编辑工作，这让我有系统、有目的地读了许多历史书籍和地方史料。特别在收集资料中，当打开沉睡数十年、发黄的档案袋，我接触到隐藏在历史另一面的许多人物和事件；当面对口述人痛哭流涕的神情时，我感觉到认知得到了颠覆。自学的那些书本知识不够支撑我的写作能力，而且相差太远。但上帝的确是公平的，当他关了这道门，必然会为我打开另一扇窗。地方志办公室前辈吴祖鉴老师和徐先觉老师成为我的引路人。徐先觉老师身材伟岸、仪表堂堂，是出生在兴山古县城教育世家的杰出人物，民国时期省师范学校的高才生，他是 1949 年后兴山县第一届小学校长，也是新修订的《兴山县志》的执笔主编。面对我的窘况，他宽慰地说道："中国汉语常用的字不到 2000 个，只要你坚持多读书、读好书、会读书。天下文章一大抄，触类旁通，经常写，就会写文章了。"言罢，他把手中的《现代汉语词典》交给我，语重心长地告诉我："老师都在里面。"

有志者事竟成。说来荒唐好笑，我不走正门去学拼音、查辞典，而是采取强记的方法，要求自己连翻三下，找到解决问题的词语，让徐老师不知怎样评价我这个调皮学生。在不懈的努力下，我不仅完成了地方志的编写任务，还在宜昌地区被破格聘为助理编辑（因我没有相应的学历）。遗憾的是我从1989年开始转行到行政部门任职，放弃了文字编辑工作。虽然仍坚持阅读，但所处环境与写作渐行渐远，直到25年后，临近退休时，一场变故让我又重新回到读书写作的道路上来。

2014年春，母亲病危，我回乡照顾她老人家，在医院大门口遇见一个县志的主编。他对我喜气洋洋地说："老赵，我做了一件兴山最了不起的事情，把兴山八届县委书记请到一起拍了张集体合影，这是最光荣、最有价值的事！"看见他眉飞色舞的模样，我心中非常沉痛。这张照片固然有珍贵价值，但它能涵盖兴山近现代的历史吗？能涵盖兴山一方水土一方人吗？因为我生于斯长于斯，自小就沉浸在兴山厚重的历史文化氛围中不能自拔。兴山的历史和伟大祖国的历史一样，是一部苦难史和革命史，更是奋斗史和发展史。在这个漫长的历史长河中产生了许多悲欢离合的故事，以及相关的人物。在这一刻，我猛然醒悟过来，我是有故乡的人，故乡还是最让我梦绕魂牵的地方，我要重新拾起笔来写作，从人文的角度唤起家乡人对历史的记忆，犹如少时的石匠，用龙骨钻子在巨石上刻下一条条的痕印，不然人们对家乡的历史认识只是地方志上的铅字、表格、图像，他们会慢慢地对历史失去兴趣，最后失去这一方水土一方人的踪迹。

一个没有往事积累的人难以写作，更难成为一个有激情、有思想，又傻得可爱的文学创作者。而我的优势就是我是一个充满往事积累的人，对故乡深情热爱，对家乡的历史和现实有着深刻的理解，有丰富的写作资源。我应该成为一个有文化的守望者、继承者、践行者，把对家乡的挚爱和情思全部体现在文字上，讲好兴山故事，传承家乡的历史文脉。于是，我开始创作以兴山往事为主题的系列文学作品。小小说《玩猴把戏的赵三儿》《爱唱歌的胡师傅》《崔邪子的故事》得到《三峡商报》副刊主编佟茜洁老师的赏识，被连续推出发表；家乡的《香溪河》杂志也连续刊登《文笔塔的故事》《石刻》《巴山浴火》《李文俊回乡记》《草药神医》《将军梦》等十几篇中短篇小说和散文；《伍家文艺》杂志也连续发表了《灵老爷搬迁记》《小巷春秋》《高山之巅有人家》《大漠深处的背影》等短篇小说和散文；其他刊物上也发表了《悬崖上的苦菜花》《大黄狗、小花猫、刘阿姨》《古城异事》《呼啸的群山》等作品；在自媒体发表的作品有《我心中的老师》《秋雨的哭泣》《吴警吾先生》《万朝山上的一棵草》《猴子垱的爱情》《寻访甘高氏》《行走在大山的人》等十几万字的小说和散文。我从 2015 年开始写作，六年时间共完成近百万字的文学作品，其中在三年内完成了长篇历史小说《兴山儿女》，2019 年 3 月由四川民族出版社正式出版发行。

在创作长篇历史小说《兴山儿女》和系列中短篇小说、散文的过程中，我深深感受到阅读的重要性，如果没有几十年的阅读习惯，仅凭自己在县地方志办公室工作的一点积累，是无法完成这些文学作品的。我能够在短暂的几年内写出近百万字的文学作品，并成为宜昌市作家协会会员、湖北省作家协会会员，从一个石匠变成了作家，从表面上看是个人努力的奇迹，实际是阅读给了我厚积薄发的力量。网络上说的"你读过的书，都是为成功铺的路"还是有几分道理的。

我退休时，用保尔·柯察金的那段名言检讨着自己的一生，感到十分有愧，在人生道路上有那么多的老师、朋友帮助过我，读了几十年的书，从一个石匠走到知识分子成堆的地方教育局退休，而精神世界一无所有。于是我选择退休后读万卷书、行万里路、写百万字。读万卷书是精神生命的空间，可让生命抵达古今中外无限的时间和生命；行万里路是自然生命的飞扬，对整个世界而言，仍是很少一部分；写百万字是个人生命的飞扬，当肉体化为烟尘后，生命以书籍为载体，流传至无限久远。

我在写作道路上是跌跌撞撞的，但我愿意让每一个有成就的人成为我的老师，让老师带我走向终生求索的道路。评论家说：真正的作家都是仰望星空的人。我虽然不是一名成熟的作家，但即使身躺阴沟，也要仰望星空，执着的目光总在寻找那颗暗淡而又难于捕捉的星星，总想着这颗星星就是消逝在历史长河、被人遗忘的那个自以为是而又充满悲剧故事的自己。感受着写作的孤独，永远面对困境，悲观的情绪始终缠绕着我，"天行健，君子以自强不息"的进取精神也在鼓励着我。"人生有许多选择，有人选择好死，有人选择苟活；有人选择牢记一切，有人选择遗忘所有。"我选择用文学来记录这个伟大的时代、幸福的时代，因为我们经历的事情一辈子也写不完，需要的是提高自信和写作技巧，坚持让读书的故事继续到生命终结的那一天。

————————————

赵志满，湖北省作家协会会员，建筑工人出身，爱好文学、读书，长期研究地方史志，出版长篇历史小说《兴山儿女》。

从扛钻杆到拿笔杆

李广彦

一

读技校期间，某日在图书馆见一同学埋头看书，探问什么书。"《猎人笔记》，你看不懂!"他不屑一顾地抬下头，语气似有几分轻蔑。我的确闻所未闻，自尊心严重挫伤，心想人生一定要多读书，别让他人瞧不起。

毕业后，我成为中南冶勘六〇三地质队的一名钻探工人。钻探分队在山坳里，钻机立于半山腰，工作三班倒，出门就爬山，上山扛钻杆。晴天顶烈日，雨天一身泥;上山气喘吁吁，下山连滚带爬。山脚仰望，人如困兽;山顶俯瞰，人如蝼蚁。难道这是我今生的归宿?爹是大老粗，没人能帮我，唯读书才能改变命运，不至沦为井底之蛙，有负爹娘望子成龙的愿望。

住地离阳新县城十几里，我每个月雷打不动寄给母亲三十元尽孝，再去新华书店买五六本书来读。那时书便宜，薄的一两毛钱，厚一点的世界名著最多一元钱。我买下《猎人笔记》，知道了作者屠格涅夫，随后买来他的《罗亭》，"语言的巨人，行动的矮子"形象深刻。我明白，人生的目标需要行动来实现。

初读漫无目的，有几分猎奇，喜欢的句子摘抄下来，煤油灯下排遣了野外的寂寞生活。名落孙山入技校，远离大学梦想，性格叛逆，破罐子破摔，打架斗殴，自己受处分写检查，也帮别人写检查，不知"之乎者也"，倒也能把问题写清楚。如今读了几本书，不知不觉少了野蛮俗气，言谈举止不再忘乎所以，偶尔卖弄名人名言，令人刮目相看，成为工友心中的"文化人"。

分队长发现了我的长处，让我办黑板报。画个高耸的钻塔当刊头，摘抄一段中央指示精神，正文是生产工作中的好人好事、当月钻探完成进尺情况，两边勾几束花草，右下角是卷起的波浪，几个展翅海鸥填空当……写写画画中，自己潜移默化变了样儿，年终被团委评为"后进变先进典型"。这样的先进不光彩，倒也是份荣誉，我收获了读书带来的快乐。

来年母亲不幸患癌，我调回枝城六〇七队，白天打井，晚上陪伴母亲。想写母亲的苦难人生，但文笔太差，力所不逮，只能读书打基础，积累文学知识。团代会其间，队党委副书记张百清见我写的工作总结能耍几句词，在团委书记舒长东的力荐下，加上我的素描画在全队书法美术摄影展上获奖，我被抽调到宣传科，成为我人生首个也是最重要的转折。

初进机关，不得其要，直到科长辛葆森亲切而厉声说："调你来不是每天打水扫地的，你扛得起钻杆未必拿得起笔杆！"我猛然觉醒，一根铁钻杆，有把力气就能扛起来，这笔杆虽轻，但分量重如山，难怪自己半天憋不出几个字来，科长却长篇大论一气呵成。科长能写会画，出口成章，常以"严是爱，松是害"要求我，他是我人生最好的老师，我暗思一定要超过他。

万丈高楼平地起。书读多少，笔杆里的"墨水"就有多少。没有足够的阅读量，写不出好文章。20世纪80年代初，全国兴起为振兴中华而读书的热潮。《工人日报》连续举办两次读书知识竞赛活动，千万职工踊跃参加。办公室书柜里找不到准确答案，我就去新华书店、工人文化宫图书馆查找。真如高尔基所言："我扑在书上，就像饥饿的人扑在面包上一样。"我如饥似渴地读书做笔记，吸取知识的营养。

副科长翟志华擅长新闻写作和摄影，是我的启蒙老师，在他的引导下，我读了些新闻写作和摄影方面的书。他写了一篇地质队队员英勇救人的通讯，顺带署上我的名字，几天后见了《宜昌报》（现为《三峡日报》）。自己的名字首成铅字，心情激动且羞赧，毕竟是借老师的光，我决心尽早独立成稿。那时写稿叫"爬格子"，一笔一画不出格。投稿只要在信封右上角剪个缺口就可直寄编辑部。没有成本，只管写，县、市、省级报纸只管投。从入门到痴迷，我很快尝到领稿费的快乐。

1984年，我被单位派往华中师范大学进修中国近代史，见识了章开沅、张舜徽等国宝级教授的风采。张舜徽是中国现代著名历史学家、文献学家，一生完成了二十四部学术著作八百万字，皆毛笔所撰。那年先生已过古稀之年，手拄杖，不带书稿上讲台，从怎样读书讲起，谈古论今，旁征博引，一课三小时，胜读百卷书。

1985 年，我参加全国首批成人高考，进入武汉钢铁学院（今武汉科技大学）就读社会科学系经济管理专业。课余我去新华书店淘书，从泰戈尔、莱蒙托夫等人的诗集，到大仲马、小仲马的小说，哪怕借钱也每个月必买 30 多元的书。寝室关灯后，就打手电筒在被窝里读。普希金的言行令人费解，他写出"但愿上帝保佑你，另一个人也会像我一样爱你"的诗句，诗歌的冲击力、诗人的感召力，促使我从诗歌起步。在学院五四青年诗歌朗诵会上我自告奋勇朗诵自己的诗作，还获了二等奖。人生首次登台千人大礼堂不怯场，是读书给我底气，文学给我激情。课间我还默默观察同学们的形象特征，以文字描写的方式为每个同学画像，毕业 20 周年同学聚会上大家"对号入座"，无不惊叹写得惟妙惟肖。

二

毕业后我满怀信心，借所学经济管理知识，在《宜昌报》（现为《三峡日报》）发表了《开发枝城，刻不容缓》一文，引市民热议，我成了小镇"名人"，感受到写作给个人及社会产生的影响。不久我下海经商。敢"吃螃蟹"，有人叫好；放弃机关岗位，有人惋惜。而离开读书写作的日子，我仿佛是移情别恋的负心汉一样内疚自责，少有人懂这份内心的孤独痛苦。整日忙忙碌碌，应酬吃吃喝喝，"梦里不知身是客"地飘然浑噩。不久一场大水，下海淘金梦泡汤，我这才顿悟"三日不读书，则面目可憎"绝非夸张。好在文学梦尚在，我并没有一蹶不振。恰巧当时的《冶金地质报》在各地设立记者站，

中南冶勘局（中国冶金地质总局中南局）宣传部部长杨文刚直接给
队领导打电话，点名要我当记者。在中南记者站站长冯日新的带领
下，我负责鄂西片区六〇五队、六〇七队、机械厂、科研所的新闻
报道，其间，我除了写新闻通讯，还学写评论，偶尔发表散文、诗
歌作品，结识了裴孟东、席增义、张国明等一批文朋诗友。1991年，
中国冶金地质总局编辑《山野岁月》一书，我去保定参加作品改稿
会，打磨我的第一篇报告文学《桃江魂》，有幸与作家谈歌相识。那
时他已初露锋芒，登门拜访，书房墨香四溢，酒酣耳热，他提起嗓
子唱曲京剧名段《定军山》，文气、才气、正气，无不令人佩服。
1996年，谈歌的小说《大厂》在《人民文学》刊发，他一举成名，
此是后话。

　　1992年，国家地矿投资大幅减少，六〇七队找矿主力移师长沙，
我被迫带领十几名老弱病残去市场"找米下锅"，自负盈亏，结果又
碰一鼻子灰。"百无一用是书生"。天生不是经商料，商海两度"呛
水"，我掂量出自己几斤几两。我像一个弃儿，朋友与工作单位"两
不找"，没有经济来源，不愿寄"妻"篱下，书房里千余册书籍是希
望之岛。在家门口开书屋，打出"代写书信、诉状等各类文书"的
幌子，谋生、写作两得。街上书摊挂满花花绿绿的时尚杂志，我的
书斋尽是中外文学名著，如此怎能赚到钱？左邻餐馆小炒飘香，右
舍家具店叮叮当当，独我书屋门可罗雀，勉强度日。

　　人跌低谷反思人生，我重拾作家梦想，庆幸远离喧嚣，调整心
态，安贫乐道，静心读书，参加《诗刊》等刊物函授学习，常常夜
不能寐，或半夜醒来，以诗诉情，渲泄愤懑，一度达到一日一诗、

无日不诗的地步。经生活历练后偏好杂文，读鲁迅自不必说，还有《燕山夜话》等，罗竹风主编的《上海杂文选》是我的学习范本。《呼啦圈与麻将》《酒掺水的联想》《张三的另一枚奖牌》等杂文刊发并获奖，《橘子洲头随想》散文在《宜昌日报》（现为《三峡日报》）副刊头条发表，张冬编辑曾夜半来我书屋，对饮长谈。当时的《宜都报》主编邓士德以我的书屋"翠文斋"命名开办言论栏目，几乎每周发表我的言论文章。稿费单一把却羞以示人，但这不影响我对文学的热情。一位邮递员说："别看钱少，能挣这样钱的人不多。"

酒肉朋友不可靠，文朋艺友读书论道。好友孙希荣涉猎广泛，胸藏诗画，那时很多人还不知道钱锺书，希荣兄读《围城》意犹未尽，给先生去信并收到回札。目睹先生墨迹，仿佛一个高尚谦逊的人就在眼前，《人·鬼·兽》《写在人生边上》是他推荐我读的。某日，《宜昌日报》同版发表我和黄波的文章各一篇，两人由此结缘。那时他与朱里程等都是文学青年，在枝城工作，书屋一如他们的家，还把《浮生六记》《世说新语》送我读。我痴长他们10岁，和他们共同度过花两元钱就能买个羊头啃的"游牧民"日子。听说宜都文化局（现为文化和旅游局）有个孔繁锦，我猜想一定是那个字写得好的高中同学，前去探望，果不其然，两人兴奋拥抱好一阵，他即兴题字留墨，耀吾书屋门面。同学尚卫平当年是先富起来的人，他喜欢军事和历史，开着红色夏利，把看完的《兵器大观》《航空知识》《世界军事》等杂志给我出租赚钱。还有个同学刘琳，把一套《明清小说集》送我，听说我要摆棋摊经营，掏出200元钱雪中送炭……这些少而精的文友兄弟帮我走出困境，爬出泥潭，他们至今仍如书一样令我回味。

那时《三峡晚报》也常发我的文章，1994年招聘记者，我如愿应聘。本以为进入报社可以新闻、散文并举，然而市场经济媒体如"媒婆"，报社需要发行量、拉广告，我东奔西走一年也拉不来几千元，喝一杯酒订一份报，无冕之王颜面扫地，每天回家筋疲力尽，远离书本，一地鸡毛。

1996年年底，我被调到宜都市水利局（现为水利和湖泊局）。1998年抗洪期间，我采写了大量新闻通讯，同时，完成报告文学《大江东去》，署笔名"骆达"投给《大江文艺》和《三峡文学》，不久分别刊发。当年我被聘为宜都市作家协会秘书长，不久被选为副主席兼秘书长，与周宏主席等一班人组织文学活动，服务作协会员。其间，我读《二十年目睹之怪状》《官场现形记》，也读《边城》《瓦尔登湖》，对王跃文等人的反腐小说感兴趣。随着网络不断发达，我的阅读量下降，呈碎片化，闲读《光明日报》《新华文摘》上文史哲、政经商之类的文章。其间，我敝帚自珍，整理旧作，先后出版《百叶窗》《我与清江共成长》等多部文学作品集，特别是《铁匠父亲苦命妈》面世，圆了我为母亲写书的梦。还多次代表市作家协会与市文联领导上门看望残疾女青年李玉洁，鼓励她坚持文学创作。

阅读陶冶情操，也带来幸福家庭。妻子是名医生，业余喜欢读书，言传身教，儿子小学四年级写的一篇《坚持》登上《小学生作文》杂志，还收到10元稿费，这对他的成长很重要。2015年4月23

日世界读书日之际，我们这个家庭荣幸入选第二届全国"书香之家"。

三

我曾写过《人生要读"两本书"》，刊于《湖北日报》，阐明读"无字书"与"有字书"同等重要的道理。读"无字书"是向人民群众学习，何健明、王宏甲等人的报告文学激励我为水利建设者们树碑立传。

2015 年以来，我先后深入鄂北调水工程和碾盘山水利水电枢纽工程建设工地采访，近距离接触了解工程建设者。一个施工队长，餐具就放工程车上，走到哪儿吃到哪儿，不停跑工区；一位丈夫，妻子有孕在身，工地一时离不开，等他回家后孩子已出生；一位项目经理，跑遍半个中国，天天在工地，没时间逛景区；一位年轻母亲，因不忍听见孩子撕心裂肺的哭声，每次都是趁孩子熟睡悄悄离家而去；有位监理工程师，父亲病重没能尽孝，父亲去世后她把母亲接到工地在一边租房住；有位工程师，退休后反聘到工地，患了癌症后还因看不见工程通水而抱憾；有位党员干部，冒着生命危险抢救国家财产，事后只说了句"国家工程没有受损失，就是对我最大的奖励"。天寒地冻时节，工人们像爱护自家财产一样爱护工程，有的烧开水给混凝土增温，有的用毛毯、棉被为设备保暖，有的把蜂窝煤炉抬到暗涵里日夜守候……我仿佛在读一本深不可测的"无字书"，探听这些主人翁的心声，先后完成散文集《首战有我》、报告文学《有种情商叫联合》《大藤峡的脊梁》。其间，我参加"中国水利文学鄂北行""湖北作家走乡村"等采风笔会，参加中国作协组

织的学习习近平总书记文艺工作座谈会上重要讲话培训班，去全国
重要水利工程建设工地采访写作，成为工程建设的见证人、群众心
中的好作家。2019年，我受到中国作协创联部表彰，被评为"深入
生活、扎根人民"主题实践先进个人。2020年新冠肺炎疫情期间，
我主动下沉社区、深入工地，创作一批报告文学、散文和诗歌，荣
获"全国水利抗疫优秀作家"殊荣。

"腹有诗书气自华"。读书，让我新闻写作如鱼得水，30多年来
在全国各类媒体发表新闻通讯数千篇，荣获"全国水利系统优秀宣
传工作者""《中国水利报》优秀特约记者"荣誉。读书让我淡泊名
利，在浩瀚的文学海边拾贝、踏浪，先后加入中国散文家协会、中
国水利作家协会、中国报告文学会、湖北作家协会，当选湖北报告
文学会理事、中国水利摄影家协会理事，担任过宜都市作家协会
主席。

回顾我的读书过程，先诗后史，先外国文学后中国古典文学，
我感觉读书与写作也有"小我"到"大我"、"小事"到"大义"、
"小题"到"大论"的过程，只要日积月累，早晚会让原地踏步者
望尘莫及。言及此，蓦然觉得我没有资格谈论这个话题。最近我的
床头放着谈歌的长篇小说《票儿》，这是朋友帮我从网上淘来的，我
无颜见亦师亦兄的谈歌先生。他知行合一成名成家，而我忽左忽右
半生飘忽不定而一无所成。我放下钻杆拿起笔杆，只是万里长征第
一步，余生不多但依然有梦，再不能做"语言的巨人、行动的矮
子"了！

李广彦，中共党员，湖北省作家协会会员，出身工人家庭，写作、摄影并举，发表新闻通讯数千、文学作品数百，出版书籍多部，荣获先进若干，作品偶尔获奖。

我的作家梦

张祖雄

20 世纪 70 年代，我出生在鄂西深山一个叫百羊寨的地方。父母到了当爷爷奶奶的年龄才生下我，大家都叫我"秋葫芦儿"。在咱们农村，秋葫芦长不了多大也成不了才。我这个"秋葫芦儿"从生下来就遭遇雨雪风霜。我出生在人多力量大、生孩子光荣的年代，婆婆和儿媳比着生孩子，母亲生了 12 胎。母亲身体虚弱，在我的记忆中一直躺在病床上。父亲是党员干部，"文化大革命"中被罢了官还瘸了腿。我们一家老弱病残，生活非常困难。

俗话说：爹妈心疼断肠儿。这话没错，虽说我是个"秋葫芦儿"，可爸爸给予了很高的期望。在我满周岁那天，爸爸弄来书、算盘、扫帚、牛兜嘴、薅锄之类的物件摆在我面前让我抓周，不管物件怎么放，我抓的总是书。父亲说母亲这次立功了，这娃儿聪明，不会当放牛娃。

抓周能看孩子的未来，是农村的一个风俗，固然不可信，但我确实是非常爱书的。因为穷很少有书看，我第一次看课外书是三十多年前的事，那本书叫《儿童文学》，说起这本书来让我至今尴尬不已。隔壁住的是一个远房叔叔，在外地当校长，他有一个比我小两岁的儿子。记得暑假的一个中午，大人们都到地里干活去了，我趴在板凳上做作业，忽然一阵狗叫，我连忙起身招呼客人，眼前的人我并不认识。"小朋友好，在做作业啊！"只见来人头戴草帽，帽檐上还有一个红色的五角星，汗水顺着黝黑的脸颊往下淌，挎着一个绿色的大挎包，上面有"人民邮电"四个字，原来是镇上的邮递员。"×××住在这儿吗？"我说："您有什么事呢？""这是他给他儿子订的书，我给他送来了。"一边说一边从挎包拿出一本崭新的书来。我盯着书半天没能缓过神来。邮递员又问："你是他儿子吗？"我盯着书结结巴巴地说："是……是的。"邮递员把书递给我，顺手拿起我的作业说："你的字写得好漂亮，不愧是校长的儿子，你爸爸给你买这么好的书，要好好读哟。"邮递员走后我迫不及待地打开书页，一股油墨清香扑鼻而来，一个下午我没怎么抬头就读完了这本《儿童文学》。连续几个月，邮递员都把书送到了我的手里，我曾做过激烈的思想斗争，很想主动说出实情，可是我已经对作家曹文轩写的故事痴迷得不知归路，心想什么时候自己能写出这么好的故事该有多好啊。

初中毕业，我被成人中等专业学校林果特专业录取，农转非，包分配。父亲拿着这张通往"罗马之路"的通知书却一点高兴不起来，他沉默了半天抬头对我说："雄子，把方子（棺材）卖了给你读书吧。"我默默不语，第二天我对父亲说："爸爸，这书我不读了，就算我读完书，我也给您弄不起一副方子，您要卖方子我就'翻逃子'（离开家乡永远不回来）。"这是我考虑一整夜做出的决定，那时爸爸已经六十好几了，本来就残疾，我上学了还要给我挣生活费，也许等不到我完成学业爸爸就不在了，如果是那样，我岂不成了一个不孝之子？

我辍学了，最终没有逃脱放牛娃的命运。放牛虽很轻松但很寂寞，书就成了我最好的伙伴，放牛在一早一晚，正是读书的好时光。我的姑父是人民解放军干部，解放兴山后就留下来当了地方干部，我最开心的事就是到姑父家玩。姑父有很多书，那时，表姐正在和表姐夫谈恋爱。表姐夫是名校毕业的高才生，他知道我爱读书，每次临走的时候总是把姑父的书捆上一大捆让我背回家。《把一切献给党》《青春之歌》《林海雪原》《铁道游击队》《新儿女英雄传》《苦菜花》《红岩》《星星之火》《万山红遍》《暴风骤雨》……我经常被书中的主人公感动得一塌糊涂。

1993年，我县掀起了第二次水电建设高潮，需要招考一批有志青年，因为我爱读书，积累了不少知识，以优异的成绩由一个农民成了一名令人羡慕的水电工人。直到2002年，全县能修水电站的地方所剩无几，我成为下岗工人，那时我已进入而立之年。

2003年3月，下岗一年后，我成功在国有上市公司兴发集团二次就业，这可是令我无比高兴的一件事。俗话说"乐极生悲"。6月10日晚上，我所工作的花坪电站迎来了一场暴雨。我吃完饭，丢下碗就到厂房检查正在试运行的发电机组，机组稳定运行，忽然一声巨响，"轰……隆……"，房屋突然垮塌，我的一条腿被水泥板砸成两截，埋在了废墟里，我瞬间成了一个残疾人。

年幼的孩子，无业的妻子，不再健全的自己，感恩兴发的接纳，可是没给单位做丝毫贡献就成了单位沉重的负担。在医院的 28 天里，我总想一睡不醒，但我是男人，我是家里的顶梁柱的信念支撑我度过了一生中最痛苦的分分秒秒。

出院后回到单位宿舍，看着昔日的同事们高高兴兴去上班，再看看自己残缺的腿，只能一个人伤心流泪。大家上班去了，一个大四合院让我格外孤独，幸好单位的图书室就在我的宿舍旁，图书室就成了我的精神家园。我一头扎进去，整天以书为伴，借书抚慰伤口。在那段人生最灰暗的日子里，我认真读了《钢铁是怎样炼成的》《假如给我三天光明》等励志书籍。

俗话说：上帝关了你一扇门，会为你打开另一扇窗。2004 年秋天，我无意中得到一份公司复刊的《兴发集团》报，上面有一则面向职工征集报头的消息。我找出几年没有用过的毛笔，在家里写了一个月的"兴发集团"，最后挑选一张拄着双拐送到编辑部。编辑部一位年长的老师接待了我，他看着我的形象既心疼又心烦地问我："你个娃子怎么搞的？还有一条腿呢？还这么年轻，怎么搞哦？"我说："老师，我的腿被单位的房子砸掉了，但我还有手……"老师又问："你会不会写文章？可以给我们投稿呢。"我说："老师，虽然我只有初中文化，但我爱读书，在我的心里至今还有一个作家梦。"老师连声说："好好好，好啊，只要有梦就好。你有时间就到编辑部来，一来可以散散心，二来可以跟着我学写东西。"这个人就是我在文学路上的第一位恩师，兴山县原副县长、文化名人郝明知。让我没想到的是我写的"兴发集团"四个字在《兴发集团》报复刊后的第二期就刊发了，还配了编者按，说我因公致残后不自暴自弃，热爱学习，提高自己，这种积极向上的精神值得公司员工学习。我拿着报纸把编辑老师的话读了一遍又一遍，激动得热泪盈眶。

有人说，人生要遇见三种人，即贵人（相助）、高人（指点）、小人（监督）。我觉得有一定的道理。我在学习写作的过程中就遇到了贵人和高人。我在给《兴发集团》报写稿子时不知道电脑为何物，就把椅子搬出来坐在小板凳上写。一天，正好被兴发集团电力系统当时的党委书记王化明看见，他得知我是在学写东西给《兴发集团》报投稿，立即安排人把他的私人电脑连同桌子搬到我家里，还给了我一本学打字的书。王书记给我说："你要下功夫先把字打会，我们每周一有一个工作例会，我特批你参加，你在会议中找写作素材。"在王书记的帮助下，我隔三岔五在《兴发集团》报上发表一些火柴盒大小的稿件。突然一天，郝明知老师把我喊到他身边对我说："祖雄，我看你进步很大，这样吧，明天下午我带你去采访集团电力系统的袁总，然后由你来写，我认为你写得好的话，就去找集团董事长，让你到编辑部来上班。"第二天，郝明知老师带我去采访袁总，他们一问一答，我听得一头雾水，回到家里更是无从下笔。编辑部可是我做梦都想去的地方，我左思右想，只好把这个事情告诉王化明书记。王书记得知我的事情后，闷了一支烟的工夫后对我说："雄子，我一生没有撒过谎，也没有做过一件亏心事，你这个事情让我好为难，可是我看见你可怜啊，不帮你我不忍心呢。我就做一件违心的事吧，袁总这个文章我帮你写了，但是，你要保证你进编辑部以后要加倍努力，要在很短时间里能写出我给你写的文章来！"我说："老师，您帮我了，我一定牢记于心，终生不忘，您放心吧，我一定不辜负您的期望！"王化明老师可是兴山县第一届作家协会副主席，文笔极佳。一周后，我如愿以偿进入《兴发集团》报编辑部工作，找到了梦寐以求的工作。

为了践行自己的诺言，我不断提高自己，半壁青灯，漂泊多少临窗诵读的夜晚，满卷书纸，融入多少对影笔耕的昨日。为了写出好的作品，我三天两头深入一线采访，厂区、电站、矿山、码头经常可以看见我残缺的身影。天道酬勤，2005 年年底，我以发稿量和写稿质量的绝对优势被评为优秀记者。

如果说郝明知和王化明两位老师是我的贵人的话，那么另一位简冰老师则是高人了。我认识简冰是在 2008 年盛夏的一个下午，同事们都在忙各自的事，空调吃力的嘶嘶声反让办公室显得格外安静。"嗨！兄弟们好！"一个高大略显发福的身躯伴随着粗犷的声音出现在办公室的门口，仔细一看，此人刘欢式的头发、洪金宝的脸，戴着一副墨镜，像影视片中的黑帮老大，走进屋里把墨镜取下又是一副艺术家的形象。同事绍华赶忙站起来："简大师顶烈日，冒酷暑，汗湿衣服来给我们传经送宝，辛苦辛苦。"简冰老师还真是一派大师风范："辛苦说不上，我是无事不登三宝殿，县委县政府决定举办纪念改革开放 30 周年征文活动，我是专门来请各位作家赐稿的。"由于我和他互不相识，只是礼节性地打了声招呼："您好。"同事绍华分别对我们进行了介绍，原来这张"明星脸"竟然是我非常崇拜的作家——简冰。简冰老师知道我是一个文学爱好者后，临走时再三叮嘱我："祖雄，你一定要参加，这是一次练笔的好机会。"

后来简冰老师多次到我们办公室来催稿，严格来说，我是在他的"威逼"之下才勉强动笔的。让我意想不到的是我的作品《回首我家30年》一举夺得征文活动文学类一等奖。简冰老师极力推荐我的获奖作品参加全国纪念改革开放30周年的征文大赛，更没想到的是我的作品在一万余篇征文中竟然获得了铜奖，简冰老师得知我在全国获奖的消息后比他自己获奖还高兴。

简冰老师为了提高我的写作水平，总是变着法来帮助我。每次遇到大型采访，他总是带上我。我县南对河村发起的"两会两评"模式受到全国高度重视后，需要写一个报告文学在非常重要的媒体和杂志上刊登，可以说这是一项难度很大的写作任务，万万没有想到简冰老师把这一重任交给了我。我受宠若惊的同时又觉得自己能力不够难以胜任，我担心地说："老师，我恐怕不行啊！"简冰老师把眼睛一瞪："怎么不行？我说你行，你就行！"有点声色俱厉。第二天，在他的带领下我硬着头皮来到了南对河村，经过深入采访，回来后近万字的报告文学一气呵成，简冰老师看后连声叫好。就这样，我的首篇报告文学在《三峡日报》以及县内的各种刊物上发表。在简冰老师的帮助和引导下，短时间内我的作品纷纷见诸各种报纸杂志和新闻媒体。2009年年底，在简冰老师的推荐下，我有幸加入了宜昌市作家协会。

"追求真善美是文艺的永恒价值。艺术的最高境界就是让人动心，让人们的灵魂经受洗礼，让人们发现自然的美、生活的美、心灵的美。"我在写作的过程中一直谨记习总书记的指示，在工作之余总是积极撰写社会上的先进人物和感人事件。近年来，兴山县反映社会先进典型的报告文学几乎都由我主笔，我以平实的文风撰写的各类文章在社会上引起了较大反响。通过 10 多年的耕耘，我在全国、省、市新闻媒体发表文章 120 余万字。

为了推介宜昌朝天吼景区，2015 年 8 月，兴发集团领导请我写一部关于朝天吼漂流故事的书籍。我二话没说，在炎热的夏季，几乎天天来到朝天吼漂流地点对五湖四海的游客以及周边的老百姓进行深入采访，不顾身体残疾体验漂流乐趣，从中寻找创作灵感。苦心人，天不负。两年的呕心沥血，使 18 万字的故事集《爽就朝天吼》得以付梓，于 2017 年 11 月由三峡电子音像出版社出版发行。中共兴山县委书记汪小波同志为书欣然题序，他说，《爽就朝天吼》的出版，是我县生态旅游文化整理、挖掘、传承与拓展的新成果，对我县生态文化旅游产业发展产生了新的推动作用。2017 年 9 月，我的 20 万字励志散文集《生命的方舟》由团结出版社出版，以记述生活变迁、描写祖国风景、书写先进人物及事件为主，旨在讴歌时代精神、赞美伟大祖国、传播正能量、弘扬主旋律。该书被中共兴山县委党校列为青年干部的学习资料。同年，我有幸加入湖北省作家协会。

作为一个文艺工作者，我要用自己所学服务社会，要为地方经济发展做贡献。兴山县委、县政府为了实现湖北白茶第一县的目标，2014 年，县委领导介绍我到湖北昭君生态农业公司从事茶文化研究和品牌创建工作。我认真研究，把昭君文化和昭君茶文化有机结合并写出了大量作品，不遗余力推介昭君茶，使昭君茶成为湖北名牌产品、获得中国驰名商标，打响了昭君茶品牌，提高了昭君茶在全国的知名度，我利用文化为地方经济发展插上了腾飞的翅膀。同时，我积极投身于全县精准扶贫工作，作为公司精准扶贫办公室主任，积极主张文化与产业对接进行扶贫，促使贫困户学习文化知识，利用文化、科技改变命运。2018年年底，公司对口帮扶的58户贫困户在全县率先脱贫，我被县政府授予"脱贫攻坚先进个人"荣誉称号。

随着中国进入人口老龄化时代，康养产业已经上升为国家战略。2019年8月，我接受宜昌弘仁疗养有限公司的邀请，为老人康养和残疾人康复事业服务。2019年年底，新型冠状病毒肺炎疫情突然袭来。2020年大年初二，我拖着假肢从农村老家步行40余公里赶到县城投入抗疫一线。公司点多面广、人多复杂，抗疫压力大，我每天来回奔波于医院、养老院、康养中心之间，不断加大抗疫宣传力度；为公司支援全县乃至武汉的抗疫英雄壮行，为他们鼓劲加油；结合实际制订抗击疫情工作方案和各类应急预案，为抗疫胜利贡献了一份力量。我撰写抗疫宣传文章20余篇，分别在《湖北日报》、中国新闻网、《三峡日报》、三峡电视台等新闻媒体发表或播出。在公司的发展中，我极力主张企业文化建设，2020年，公司被授予全国"敬老文明号"称号。

2020年12月，我有幸被湖北省人力资源和社会保障厅、湖北省残疾人联合会共同授予"湖北省自强模范"称号。夜深人静，我常常难以入眠。我的前半生经历了辍学、下岗、致残、离婚等挫折，但最终以文字的姿势站立，并且能够找到称心如意的另一半，过着幸福甜蜜的生活。仔细想来，这一切都源于我生活在一个伟大的国家里。

张祖雄,湖北兴山人,湖北省作家协会会员、湖北省自强模范,因公致残,著有《生命的方舟》《爽就朝天吼》《还看今朝》等书籍。

后 记

已经过去的 2020 年，注定是极为不平凡的一年。正如习近平总书记所言："艰难方显勇毅，磨砺始得玉成。"我们从艰难与磨砺中走出，心怀感动，心怀感恩，更加珍惜，更加心齐。

在宜昌市总工会与各方的大力支持下，筹委会克服诸多困难，精心筹备，于 2020 年 7 月 23 日成功召开会员代表大会，庄严宣告成立宜昌市职工文学读书协会，这标志着宜昌全民阅读活动进入了一个有组织、有序开展的新阶段。

宜昌是一个具有深厚文化底蕴的城市，《楚辞》与《诗经》各领风骚。从 20 世纪中叶蜚声文坛的工人诗人黄声笑、码头作家鄢国培到当今出身工人的优秀作家代表张永久、蒋杏、陈刚等，宜昌具有职工文学创作的光荣传统，同时也有着浓厚的职工文学创作氛围。在宜昌市的职工队伍中，热爱读书和文学创作的新人不断涌出，优秀作品也层出不穷。在宜昌市职工文学读书协会成立大会上，当大屏幕播放宜昌职工作家代表们的创作成果时，一百多位会员代表赞叹不已，深感振奋。

因此，编辑出版系列职工文学作品这项工作显得十分必要且重要。自 2020 年 7 月启动本书编辑出版工作开始，经过编委会半年多时间的辛勤组稿和严格审核，2021 年 3 月，本书顺利进入出版流程。

在宜昌市总工会的高度重视下，在全体撰稿作者的精心修改、打磨下，在全体编委会成员的共同努力下，宜昌市职工文学读书协会职工文学作品系列之《从工人到作家》在欢庆中国共产党成立 100 周年之际正式出版了。我们谨以此书献给兢兢业业奋斗在各条战线上的所有职工以及关心、支持本书编撰的广大读者朋友。

在此，向关注、帮助和支持本书编辑出版的单位及个人表示衷心的感谢！

由于编者水平有限，本书难免有疏漏和欠妥之处，恳请广大读者批评指正。

《从工人到作家》编委会
2021 年 4 月